W0193943

»Mit Liebe zum anatomischen Detail und einem eindrucksvoll differenzierten Vokabular für den geschlechtlichen Voll-
kontakt.« *FAZ*

»Im Bereich der erotischen Literatur eine sehr gelungene
Ausnahmeerscheinung.« *Bücher*

»Sophie Andresky verrät, was Frauen wirklich wollen.« *Bild.de*

»Sophie Andresky hat lange nach Henry Miller pornografi-
sche Literatur wieder ›verlagsfähig‹ gemacht … [Sie] ist, was
Charlotte Roche gerne wäre. Erotisch.« *Musenblatt*

»Deutschlands führende Kolumnistin in Sachen Erotik.« *WDR*

DIE AUTORIN

Sophie Andresky, geboren 1973, wurde mit ihren Kurzgeschich-
tenbänden und dem Roman *Vögelfrei* zur erfolgreichsten
Pornoautorin Deutschlands. Ihre Artikel erscheinen in zahl-
reichen Magazinen, derzeit ist sie Kolumnistin bei JOY und
bei *www.joyclub.de*
Besuchen Sie ihre Website *www.sophie-andresky.de*

LIEFERBARE TITEL

Vögelfrei
Fuck your Friends
Heiße Weihnacht

SOPHIE ANDRESKY

FRÖHLICHES GEVÖGEL

Was Frauen sonst noch wollen

WILHELM HEYNE VERLAG
MÜNCHEN

Der vorliegende Band enthält Kolumnen aus dem *Penthouse*-
Magazin und von *www.joyclub.de* aus den Jahren 2009–2011.

Verlagsgruppe Random House FSC-DEU-0100
Das für dieses Buch verwendete
FSC®-zertifizierte Papier *Holmen Book Cream*
liefert Holmen Paper, Hallstavik, Schweden.

Originalausgabe 07/2012
Copyright © 2012 by Sophie Andresky
Copyright © 2012 by Wilhelm Heyne Verlag
in der Verlagsgruppe Random House GmbH
Umschlaggestaltung: yellowfarm GmbH, S. Freischem
Umschlagmotiv: © www.lustbaecker.de (Torte);
© fotolia / Gregor Buir (Tapete)
Satz: C. Schaber Datentechnik, Wels
Druck und Bindung: GGP Media GmbH, Pößneck
Printed in Germany

ISBN 978-3-453-67631-2

www.heyne-hardcore.de

In Liebe für Marcus.

»Ach ach ach«

HEINZ STRUNK

Inhalt

Bitte, bitte beiß mich!

Wenn man sich den derzeitigen Blutsauger-Hype so ansieht, dann fragt man sich ja schon, was an einem hühnerbrüstigen Robert Pattinson eigentlich so toll ist, dass selbst erwachsene Frauen ins Kino pilgern, um dabei zuzusehen, wie zwei Teenies in neunzig schwülstigen Minuten eben gerade keinen Sex miteinander haben.

Ich oute mich hiermit als eine von diesen Frauen, denn wenn ich es auch nicht ertrage, die klemmige, dünkelhafte und teilweise ziemlich rassistische Vampirsaga zu lesen (als Hörbuch habe ich es immerhin versucht), im Kino sehe ich mir das gern an.

Und das liegt daran, dass noch ein kleiner Rest von der eingeschüchterten, grenzhysterischen, ständig in Flammen stehenden Zwölfjährigen in mir steckt.

Denn diese modernen Vampire, die nichts gemeinsam haben mit dem moderigen rumänischen Kriegstreiber in seinem verfallenen Karpatenschloss, bedienen ein Grundbedürfnis von uns Frauen: die Sehnsucht nach Intimität. Ficken kann jeder. Jeder, der weiß, wie

11

er eine Erektion zustande kriegt, weiß auch, wie er abspritzt, das ist keine Kunst. Und für schwül schwärmende Zwölfjährige wäre echter Sex sowieso indiskutabel. Aber dieser keusche, tragikumflorte bleiche Jüngling, der nichts anderes macht, als seiner Freundin immer und immer und immer wieder zu erzählen, wie es in ihm aussieht, was er fühlt und wie sehr er sie begehrt, der schlägt gleich zwei Fliegen mit einer Klappe.

Zum einen ist er überverbalisiert, und das Reden gehört ja nicht gerade zur Kernkompetenz von euch Jungs. Ob zwölf oder zweiundvierzig: Sprechen scheint die Hölle zu sein. Und dann auch noch über Gefühle oder über Sex! Ganz heikles Thema, und ich meine hier nicht Dirty Talk, das geht schon – »Kommkomm Babe, du machst mich so hart«, das könnt ihr, aber geht es um Wünsche, Fantasien, Empfindungen, Ängste, seid ihr plötzlich so stumm wie Beate Uhses »Genusskeule« (das Teil heißt wirklich so) ohne Batterien. Der Vampir dagegen labert sich den Wolf, der salbadert sich die Lippen über den spitzen Eckzähnen fransig – allerdings hatte er ja auch Jahrhunderte Zeit für rhetorisches Training, und nachdem man sein Abendessen gesaugt hat, bleiben noch viele Stunden, um sich in kulturellen Dingen aller Art fortzubilden.

Zum anderen ist er tragisch und chronisch unglücklich, und leider haben wir Frauen doch alle irgendwie ein Krankenschwester-Syndrom. Wir glauben, dass wir die Männer retten können. Vor der Welt, dem Elend und vor allem vor sich selbst. Und wenn wir sie, während wir sie erretten, gleichzeitig dazu kriegen, Sneakers gegen ordentliche Schuhe zu tauschen, sich die Achseln zu rasieren und endlich mal lecken zu lernen, wäre das ein schöner Nebeneffekt. Dahinter steckt allerdings (so edel sind wir nun auch wieder nicht) neben aller Nächstenliebe die Vermutung, ein unglücklicher Mann müsse irgendwie ein tiefsinniger Mann sein. Und das macht uns an, denn die meisten Männer haben den Tiefgang eines Ü-Eis und sind so vorhersehbar wie David Hasselhoff vor einer geöffneten Minibar. Deshalb sehen wir euch Männer so gern leiden, das ist wenigstens irgendeine Regung und zeigt, dass ihr nicht nur einen Bierdeckel in der Brust und das neueste Handy im Hirn habt.

Der andere Punkt betrifft die Körperlichkeit und das Androgyne. Der Blutsauger beißt Mädels und Jungs gleichermaßen gerne (Ratten auch, wie wir in *Interview mit einem Vampir* erfahren haben, doch das ignorieren wir lieber), das ist schon ganz schön sexy. Dass in Pornofilmen immer und grundsätzlich lesbische Szenen zu sehen sind, aber nie schwule, liegt nämlich nicht daran, dass Frauen das nicht heiß fänden, wenn schöne Männer miteinander zugange sind, sondern dass diese Filme von Männern gemacht werden, die kollektiv die Rosette zusammenkneifen, wenn sich irgendwo ein scharfer Kerl nähert. Der Vampir verhält sich da viel entspannter, und dabei ist er selbst so künstlich und ätherisch wie eine Statue – ganz im Gegensatz zu seinem schottischen Pendant, dem untoten Highlander, der bis in die Neuzeit muskelbepackt, heavymetalmähnig und brunftdunstig unter seinem Rock durch die Unsterblichkeit stampft.

All diese Vorzüge (die Essstörung mal ausgenommen) teilt der Vampir übrigens mit den Mitgliedern einer Boyband, denn auch die sind androgyn, asexuell, auf Mädchenthemen wie Gefühle und Sehnsucht festgenagelt und unerreichbar. Leider fehlt ihnen der Tiefgang, und außerdem singen sie eunuchig und zappeln die ganze Zeit, das macht vielleicht kleine Mädchen heiß, erwachsene Frauen aber nicht mehr – was mich zum x-ten Mal überlegen lässt, wieso Heteromänner eigentlich nicht tanzen können. Warum bloß lernt ihr das nicht? Frauen werden wuschig, wenn jemand sich gut bewegt, tanzen können ist *das* Gleitmittel auf dem Weg zum nächsten Fick. Dank *Tanz der Vampire* wissen wir, dass Vampire natürlich auch auf dem Parkett perfekt sind.

Ideal ist der Vampirlover schließlich auch bei Trennungen: kein langwieriges Gesülze oder Geschrei, keine Erklärungen, Dramen oder Inszenierungen. Einfach den Sargdeckel anheben, den Knoblauchdöner auspacken oder ein schickes Kreuz über dem Busen tragen, und schon verkrümelt sich der Ex ins Nirwana.

Artgerechte Tierhaltung

Singlepartys, Kuppelshows, Essen bei Freunden oder Kontaktanzeigen – alles Quatsch. Wer wirklich wissen will, was nach der Partnerwahl später auf ihn zukommt, der muss sich beim Tierarzt umschauen.

Die Praxis meines übrigens sehr attraktiven Docs ist die perfekte Spielwiese zum Anbandeln und Abchecken. Nebenbei stelle ich ihn mir gerne als Akteur in einem Extrem-Porno vor. Wenn er mit seiner grünen Metzgerschürze durch die Praxis stapft und seinen blutjungen Helferinnen Anweisungen mit dem Charme eines S/M-Kerkermeisters erteilt – da habe ich oft die Vision einer angejahrten Klistierfetischistin mit schwarzer Gummimaske, die breitbeinig an den Bürostuhl gebunden klagende Laute ausstößt wie ein Kätzchen bei der Ohrenkontrolle. Allerdings glaube ich, dass meine Fantasien nur deshalb derartig mit mir durchgehen, weil ich beim Tierarzt immer so gestresst bin. Wenn man nämlich mal wirklich darüber nachdenkt und die Praxis-Öffnungszeiten und vor allem die Gerüche berücksichtigt, ist es sehr viel wahrscheinlicher, dass mein Doc überhaupt kein Sexualleben hat.

Aber zurück zum Verkupplungs-Areal des Wartezimmers.

Erstens kann man in der emotional aufgeladenen Stimmung eines zweistündigen Wartemarathons problemlos Gespräche anknüpfen und auch herausfinden, ob der potenzielle Kandidat solo ist und wie er mit Stress umgeht. Und beim gegenseitigen Durchkraulen des Haustiers lässt sich schon einiges über seine Feinmotorik vermuten. Wer Katzen bei jedem Streichler erst mal auf den Kopf patscht und dann ihr Fell zurückzieht, bis das Oberlid das Augenweiß freigibt, den würde ich nie zu meiner Muschi vorlassen.

Zweitens offenbart das mitgebrachte Haustier direkt, was der anvisierte Mann so für einer ist. Was will man anderes als emotionale Distanz von jemandem erwarten, der zusammen mit einem Leguan auf dem Schoß seine mitgebrachte Swingerzeitschrift durchblättert, ihn mit *Dr. Klöbner* anspricht und außerdem siezt? Oder der mit seinem Fisch *Nummer 4* im Plastikbeutel flüsternd die Erinnerungen an die letzte Liebschaft diskutiert, die *Nummer 4* ja genau mitangesehen hat, weil *Nummer 4*, wie wir anderen alle mithören können, ein heimlicher Spanner ist und immer so geil am Glas saugt, wenn sein Herrchen eine Frau abschleckt?

Auch Skorpione, Schlangen, Spinnen oder Amphibien weisen auf den geborenen Single-Mann hin. Wer gerne in acht Augen gleichzeitig sieht, der hat es nicht so mit trauter Zweisamkeit. Und jemand, der mehr als vier Beine bei einem Tier schön findet und Geschöpfe mag, die sich abseilen, häuten oder nach der Paarung auffressen, der steht auch auf Bukkake-Gangbang, Body-Modification und andere Grenzerfahrungen wie das Einführen eines Prinzenzepters in die Harnröhre (schon der große Sexforscher Kinsey schob sich ja gern mal eine Zahnbürste in die Harnröhre) oder die Verwendung eines Kniefickgurtes, aber sicher nicht auf Kuschelstunden vor dem Kamin.

Meerschweinchenhalter, die *Godzilla* oder *Mussolini* zum Impfen tragen, kann man dagegen probieren. Entweder sind sie witzig oder einfach nur irre. Bei Miez und Mops scheiden sich die Geister. Ich glaube ja, dass binationale oder ökumenische Partnerschaften mit viel Toleranz funktionieren können – aber eine Katzenfrau mit einem Hundemann? Niemals. Kampfhundhalter scheiden natürlich sofort aus, und auch Hunde mit einem Kampfgewicht über 80 Kilo: Fell gewordene, sabbernde Traumbilder eines winzig kleinen, zitternden Herrchen-Egos. Normalgroße puschelige Hunde mit Knopfaugen, Schlappohren und Dauergrinsen verweisen immerhin auf Humor. Solche Typen sind unkompliziert. Sie wissen zwar nicht, mit wie vielen l's man Cunnilingus buchstabiert, aber man kann sie dazu dressieren. Allerdings sind Hundehalter generell eher führungsorientiert. Anders gesagt: Die wollen dominieren oder dominiert werden. Wer sich freiwillig ein Haustier zulegt, das auf Kommando Bällchen bringt, die Füße unter dem Esstisch leckt und sich auf den Rücken rollt, wenn jemand größer ist oder lauter knurrt, der liebt das Prinzip Master & Servant.

Ganz anders die Katzenfans. Sie schätzen Eleganz und Geheimnisse. Außerdem wissen sie, was Demut heißt. Wer Katzen hält, ist geduldig wie ein Kaktus und ans Verlieren gewöhnt. Zickig sind in diesen Haushalten nur die Bewohner mit vier Füßen, das Herrchen selbst meckert nicht bei Schnurrhaaren in der Butter, Katzenstreukrümeln in der Badewanne oder zerfetzten Möbeln. So ein Mann weiß Geschenke zu würdigen und angefressene Mäuse im Flur zu entsorgen. Bei dem kann man Wärme und Zuwendung erwarten. Allerdings kommt ein Katzen-Mann manchmal etwas langsam in die Puschen. Wer regelmäßig zwanzig Minuten darauf wartet, dass *Medusa* es durch die Tür in die Wohnung schafft, der verliert schnell das Maß für Action und Zeit.

Bleibt die Frage, wen davon ich nun angebaggert habe beim letzten Zahnstein-Termin von Kater *Ulysses*. Ist doch klar: den falschen, weil Männer-Kategorisierungen alle Quatsch sind und man sie probeficken muss, um herauszufinden, ob sie eine Partnerin wollen oder nur ein weiteres Haustier.

Zombies im Bett

Wenn es ein Argument für langfristige Beziehungen gibt, dann doch wohl nicht, dass die meisten Männer den Müll runter- und den Bierkasten hochtragen, und auch nicht, dass man von anderen Paaren zu schrecklich lustigen Abenden an der Wii-Konsole eingeladen wird, und schon gar nicht, dass man Sätze mit »wir« anfangen darf (»Wir müssen auf Autofahrten immer so oft auf die Toilette«), sondern doch wohl dieses: regelmäßiger Sex.

Jeder, der mal eine Weile solo war, findet die Einsamkeit eines Marlboro-Manns eben nicht romantisch, sondern nur öde, und das aufregende Trieb- und Jagdleben einer freien Frau endet oft genug in zahllosen Mojitos an der Bar, ohne dass der sexuell ausgehungerte, charmant lächelnde, geistreiche, geheimnisvolle und umwerfende Diplomat zur Tür hereinkommt und einem gleich am Tresen nach einem tiefen Blick aus seinen feucht schimmernden Knopfaugen explosionsartige Orgasmen durch die kombinierte Dreifingermas-

sage mit Chamäleon-Zungen-Cunnilingus verspricht –
und das dann auch einlöst.

Zu Hause ist derweil alles weit weniger riskant. Es
ist von vornherein klar, welchen Mann man abschleppen wird, nämlich den in dem karierten Flanellhemd
auf der Couch, der sich gerade über das Making-of von
Twilight schlapplacht und der, das wissen wir, auch
keine feine Seide dort am Leib trägt, wo er sich wieder
genüsslich kratzt. Statt tiefer Blicke unter falschen Wimpern, perlendem Gekicher, geflüsterten Schweinigeleien
unter den Riesenlauschern des Barmanns oder engen
Strapsen erschöpft sich das Vorspiel in Gesprächen wie
diesen:

Sie: »Es ist Samstag.«

Er: »Hm.«

Sie: »Und?«

Er: »Was?«

Sie: »Ficken wir heute noch?«

Er: »Gleich kommt *Day of the Dead.*«

Sie: »Wenn ich erst in die Wanne gehe, bin ich müde.«

Er: »Ooookay.«

Und dann fummelt er wesentlich länger an der Fern-
bedienung herum, um seinen Zombiefilm aufzunehmen, als er später auf die Stimulierung ihrer Klitoris verwenden wird. Und sie blättert nackig im Bett
wartend noch mal hektisch durch die *Glamour*, weil
da doch dieses Foto von Alexander Skarsgard aus *True
Blood* drin war, an den man ja denken könnte, wenn

gleich das Licht ausgeht und auf fünf Minuten Vorspiel fünf Minuten Penetration folgen, bevor man sich darüber unterhält, ob das Original oder das Remake von *Day of the Dead* lustiger ist.

Klingt das trostlos! Da möchte man doch gleich das schwarze Lack-Outfit überstreifen und sich in der nächsten Biker-Bar meistbietend auf dem Flipperautomaten versteigern.

Und dann liest man auch noch so eine Umfrage, wie die des Hamburger Instituts Innofact, die zu dem gruseligen Ergebnis kommt, dass fast die Hälfte aller Paare kreuzunglücklich, stinkesauer und frustriert ohne Ende ist, weil ihr Sexleben so mies verläuft. Die gleiche Studie sagt auch, dass jedes vierte Paar nicht über Sex spricht. (Könnte es da womöglich einen Zusammenhang geben?) Vor allem Frauen, die sonst ständig und über alles schwatzen, plappern und diskutieren, tun es nicht. Zumindest wohl nicht mit dem eigenen Partner. Denn Frauen besprechen mit ihren Freundinnen durchaus, wie der Anus ihres Liebsten zuckt, wenn sie den kleinen Finger hineinschieben, oder wie er fiept, wenn sie in seine Brustwarze beißen, oder dass er neulich nackt und gebückt mit gespreizten Beinen vor dem Schlafzimmerspiegel stand und in einer yogaähnlichen Verrenkung versuchte, den Pickel auf seinem Hintern auszudrücken. Frauen *können* also über Sex reden. Aber Männer *können* ja auch charmant, witzig und aufmerksam sein – zumindest so lange, bis sie eine Zahnbürste im Bad deponieren dürfen. Ab dann nähern sich Umgangsformen und Outfit den röchelnd herumschlurfenden Zombies an, die sie sich so gern reinziehen.

Wirklich gruselig muss das alles aber gar nicht sein. Denn wie eingangs schon erwähnt: Die Chancen für regelmäßigen Sex stehen in einer langjährigen Beziehung sehr viel besser als auf dem freien Markt. Und regelmäßigen Sex, auch wenn klar ist, was passieren wird, finde ich immer noch besser als gar keinen Sex.

Außerdem hat die Routine zwischen den Laken durchaus Vorteile: Man weiß, was funktioniert und was gut ist. Wenn ein Mann genau weiß, dass meine Muschi erst angefasst werden möchte, wenn sie schon feucht ist und dass er das am besten mit intensivem Brustwarzensaugen, Zungenküssen und gestöhnten Sauereien erreicht, wenn er weiterhin weiß, dass es mich kirre macht, sobald er während des Fickens von hinten mit den Fingern in meiner Poritze herumspielt, dass er dabei aber auf gar keinen Fall an meine Oberschenkel kommen darf, weil ich da mordskitzlig bin, dann können zehn Minuten sehr schön sein. Ich sehe das pragmatisch: Hab ich am Ende einen Orgasmus, war es gut, fertig.

Klar, das Erforschen und Kennenlernen fällt weg, aber dafür weiß man, wo alles liegt und was man zu tun hat, damit der andere möglichst scharf wird. Das Problem ist ja nicht, dass ein guter Fick bei der x-ten Wiederholung plötzlich nicht mehr rockt, sondern dass der

Partner beziehungsweise mit ihm zu ficken nicht mehr an erster Stelle steht. Den Spüler ausräumen, mit der Freundin telefonieren oder einfach schlafen wird plötzlich wichtiger.

Und diesen Punkt verstehe ich nicht.

Wenn man bedenkt, wie oft wir über Sex reden, lesen, sprechen und so weiter, dann drängt sich der Eindruck auf, dass Sex eine ganz elementare Sache ist. Da frage ich mich doch: Wieso räumt man dieser Sache dann nicht mehr Platz ein? Wie kann es sein, dass etwas anderes wichtiger wird, als mit dem eigenen Mann zu vögeln? Außerdem: Niemand zwingt einen zur Langeweile. Es gibt kein Gesetz, dass man in langjährigen Beziehungen keine Strapse mehr tragen darf, dass man nichts Neues mehr probiert oder sich gegenseitig links liegen lässt. Sex ist wie eine sehr haltbare, anpassungs- und strapazierfähige Topfpflanze. Nur: Hin und wieder gießen sollte man sie schon.

Heiße Tiger und Stinktiere:
One-Night-Stands (1)

Am Morgen danach kommt der Katzenjammer. Nachts hatte die Muschi noch gequengelt, war rattig und rollig und wollte das blauäugige Tier an der Bar, den Tiger mit dem Dreitagebart, unbedingt haben. Aber nach dem Geschnurre, Gelecke und Gefauche? Da schleicht man sich auf leisen Pfoten raus oder fährt die Krallen aus. Schneller, geiler und fast anonymer Sex wäre ja prima, wenn sich das stolze Alphamännchen, das man im Klub gejagt hat, nicht immer wieder als Stinktier entpuppen würde.

Sechsundvierzig Prozent aller Frauen, so sagt eine Studie der britischen Durham University, bereuen einen One-Night-Stand direkt danach. Ich bereue es meist schon während der Prosecco-Phase, dass ich im akuten Hormonrausch überhaupt auf die meschugge Idee gekommen bin, diesem Flirt-Nerd zuzulächeln. Wenn ich Glück habe, schrillt irgendein Feuermelder, oder das Mädchenklo liegt im Erdgeschoss und hat ein offenes Fenster. Im übelsten Fall muss man sich den Typen schnappen und ihm ganz ehrlich sagen: Ich würde lieber platt gefahrene Frettchen von der Autobahn lecken als deinen Schwanz.

Am Aussehen liegt es nicht! Wir Frauen wissen durchaus, dass erstens nicht jeder Mann Bülent Ceylan sein kann, der zugegeben der schärfste Langhaarige ist, der zurzeit die Bühnen rockt. Dass man nicht mit ihm im Bett liegt, heißt ja nicht, dass man nicht daran denkt, also schalten wir das Licht aus und geben auch dem Brillenträger von nebenan eine Chance. Zweitens wissen wir, dass nicht die attraktivsten Männer die besten Liebhaber sind, sondern die, die sich die meiste Mühe geben. Der alte Spruch: »Wer ficken will, muss freundlich sein«, gilt immer noch. »Dumm fickt gut« ist dagegen nur ein Mythos, den bekiffte Sitzengebliebene in einer Dorfdisco erfunden haben, bevor sie auf ihre im Dunkeln leuchtenden Turnschuhe reiherten. Wer es nicht mal an der Bar schafft, sich einigermaßen spannend, interessiert und höflich aufzuführen, der wird im Bett kaum Prinz Charming sein. Will ein Mann also später mit seinem Schwanz in meine Möse eindringen, sollte er vorher schon mit tiefen Blicken probegebohrt haben. Stattdessen zehn Tequila auf ex zu kippen, beeindruckt uns Frauen übrigens wesentlich weniger, als wenn sich ein Mann neben unserer Augenfarbe auch unseren Vornamen merken kann.

Überhaupt Alkohol: Die Sache mit dem Schönsaufen ist eine bescheuerte Idee, denn derjenige, der säuft, wird dadurch nicht attraktiver, im Gegenteil. Ein erhöhter Promillespiegel verwandelt durchschnittlich begabte Liebhaber in grobmotorische Gorilla-Imitatoren. Eine Klitoris verlangt nun mal mehr Fingerfertigkeit als der Knopf an einem Flipperautomaten. Triefige Glubschaugen, ein offen stehender Mund, lallend vorgetragene Gynäkologenwitze und eine Lache wie ein Müllschlucker tragen auch nicht wirklich zum Sexappeal bei.

Außerdem macht Alkohol unvorsichtig, und man kann es gar nicht oft genug sagen: Nur ein safer One-Night-Stand ist ein guter One-Night-Stand. Wer es peinlich findet, über Verhütungsmittel zu reden, sollte lieber weiter Schlümpfe sortieren, der hat bei den Erwachsenen nichts verloren. Keine Frau findet einen verantwortungsvollen, souveränen Mann peinlich. Einen verklemmten, herumeiernden Verhütungs-Legastheniker allerdings schon. Also: eintüten. Oder wie es so schön in der Reklame heißt: »Klar hab ich ein Kondom dabei. Meinen Schwanz vergesse ich ja auch nicht.«

Und hoffentlich hat er ihn nicht nur nicht vergessen, sondern auch gewaschen. Und zwar unmittelbar vor dem Weggehen, nicht am Tag der Musterung. Männer, bitte: Wascht euch! Auch in den Ohren und im Nabel! Deodoriert euch! Benutzt Zahnseide! Rasiert euch oben und enthaart euch unten! Schneidet eure Fußnägel! Tragt frische Wäsche! Keine, wirklich keine Frau möchte Catweazle ficken.

Angenommen, alles stimmt: Der Mann ist hingerissen und bemüht sich, er duftet gut, spricht in ganzen Sätzen, er hat sogar schon angedeutet, dass er Cunnilingus nicht für überbackene Muscheln in Senfsauce hält, dann gibt es immer noch eine Hürde, nämlich das Ich-will-dich-zwar-vögeln-aber-nicht-heiraten-Gespräch, das letzte Kommunikations-Kunststück vor dem großen Stöhnen, Rubbeln und Stoßen.

Pizza und Schenkeldellen:
One-Night-Stands (2)

Wir Frauen haben Ohren wie Luchse, wir hören sehr gut, und wir hören sehr genau hin. Leider hören wir aber manchmal mehr, als wirklich gesagt wurde. Irgendwo im Plapperwald knackt ein Ast, und wir denken direkt an ein Erdbeben. Um also späteres Stalking, Tränenströme und Hasstiraden zu vermeiden, gibt es beim letzten Gespräch vor dem Ficken nur eins: deutlich werden. Es muss klar sein, dass es um Sex geht und nur um Sex. Frauen können durchaus zwischen Lust und Liebe trennen, nur wissen sie manchmal nicht so ganz, wann das angebracht ist. Zu vermeiden sind alle romantischen Formulierungen wie zum Beispiel »Seelenverwandtschaft« oder »Verliebtsein«. Statt: »Da ist was Besonderes zwischen uns«, empfiehlt sich: »Das wird geil heute Nacht.«

Mir gefällt es auch immer gut, wenn der entsprechende Kandidat meinen Körper mehr lobt als meinen Charakter, den er ja noch gar nicht kennen kann. Schließlich haben wir uns nicht zur Psychoanalyse zusammengefunden, sondern zum Ficken. (Es sei denn, man jagt in der Therapiegruppe, da kann man gleich beides in einem Aufwasch erledigen.) Wenn mir jemand erzählt, dass meine Haut schimmert oder dass sich meine Brustwarzen durch das Oberteil abzeichnen und dass ihn das scharfmacht, dann schätze ich das sehr. Dass ich nett oder schlau bin, kann mir auch meine Mutter erzählen, dafür muss ich keinen Mann abschleppen.

Bei der Frage, zu wem man anschließend geht, ist meine Wohnung wahrscheinlich die bessere Wahl. Denn meistens habe ich etwas zu trinken im Kühlschrank, irgendwo finden sich Kondome, und geputzt ist auch. Bei Jungs mag das anders sein, aber Mädels werden definitiv nicht heiß, wenn sie in einen Karton mit zwei Wochen alter Pizza treten oder im Bad der Glücksunterhose oder den Tageszeitungen der letzten drei Jahre begegnen.

Ich bin in meiner eigenen Wohnung auch entspannter, denn falls man sich doch den irren Axtmörder geangelt hat, so hat der zumindest nicht seine ganzen Utensilien dabei und mauert mich anschließend in seinem Keller ein. Außerdem weiß ich, dass nebenan mein hünenartiger Nachbar wohnt, der schon grün wird und klingelt, wenn ich nur mal laut lache nach Mitternacht. Sollte mich also jemand meucheln wollen, tritt der Hulk sich garantiert umgehend durch die Wohnzimmerwand.

Es wäre also endlich so weit: Die Klamotten fallen, die Säfte fließen. Und ich denke an Dieter Nuhr. Nicht, weil ich eine Schwäche für gut aussehende, lustige Männer mit Grips habe, sondern wegen seines legendären Ausspruchs: »Einfach mal die Fresse halten.«

Kritik am Körper des anderen, und zwar jede Art von Kritik, ist im Bett absolut tabu. Schon Männer in einer Beziehung tun sich keinen Gefallen mit Kommentaren über die graubrotartige Konsistenz des Hinterns ihrer Freundin. Aber bei einem One-Night-Stand ist das ein absolutes No-Go. Die Abgeschleppte hat Dellen am Oberschenkel, sähe mit zwei Pfund weniger noch besser aus oder könnte es mal mit einem Push-up versuchen? Schnauze! Und auch Frauen, die ja oft eine Zunge wie ein japanisches Sashimi-Messer haben, sollten sich hier bremsen.

Angenommen, der Auserwählte zeigt beim Entblättern eine schafswollartige Behaarung, die von den Oberschenkeln übers Gemächt wuchert, sich bis in den Bauchnabel erstreckt, um weitflächig über die Brust, den Hals und die Wangen bis in die Ohren zu wandern. Oder bei seinem untrainierten Hintern präsentiert sich unter der Pofalte noch eine Rentnerritze, er hat mehr Titten als ich, oder sein Schwanz sieht aus wie die unzerstörbare gallertartige Masse aus einem alten Horror-Science-Fiction. Finde ich das geil? Nein. Aber sagt man das dann? Niemals!

Wenn man friedlich und geil die Körperteile inein-anderstöpseln und ohne Gekeife, Gewimmer oder fie-sen Nachgeschmack aus der Nacht rausmöchte, ist man exorbitant höflich und lügt, falls man das gut kann. An-dernfalls macht man eben das Licht aus. Wer auf Num-mer sicher gehen will und wie ich eine Nackthaut-Fetischistin ist, also auf enthaarte Männer steht, dem empfehle ich die Variante des Früh-Fummelns: beim Knutschen an der Bar unters Hemd grabbeln. Da weiß man, was man kriegt, und beschwert hat sich über den unverhofften Körperkontakt noch nie einer.

Nachdem die Hardware also ausgepackt, begutach-tet und ausgiebig gelobpreist wäre, kommen wir jetzt zur Software: Sex zu zweit sollte auch beiden Spaß ma-chen. Wenn er nicht weiß oder intuitiv erahnt, was ich will, soll er mich fragen. Klar fällt das oft schwer, aber Sex ist ein Spiel für Erwachsene, und ein One-Night-Stand wiederum ist Sex für Fortgeschrittene.

Endlich ficken:
One-Night-Stands (3)

Ficken ohne Liebe ist nicht das Problem. Es gibt Dinge, die machen mit dem großen Unbekannten mehr Spaß als mit dem Partner, dessen Eltern man mit Schwarzwälderkirsch bebackt und mit dem man sich die Gummiente im Badezimmer teilt.

Mit einem Fremden kann man anders sein, als man eigentlich ist, ohne die Konsequenzen ziehen zu müssen. Die Hardcore-Feministin gibt für eine Nacht das tussige Mädi und quietscht wie eine minderjährige VIVA-Moderatorin, die schüchterne Moralische spielt den Vamp und lässt es sich von zwei Kerlen gleichzeitig besorgen. Das Gänseblümchen darf mal zuschlagen und die Intellektuelle die Nutte vom Dienst darstellen. One-Night-Stands sind im Grunde Rollenspiele. Und alles ist im grünen Bereich, solange alle am Gefummel und Geschubber Beteiligten Respekt vor den drei goldenen Grundregeln haben, die im Schrein der heiligen Orgasma feierlich angetackert sind:

- Niemand überschreitet die abgesprochenen Grenzen.
- Beide kriegen, was sie wollen.
- Weitergetratscht wird nichts.

Pannen drohen trotzdem genug. Da war zum Beispiel dieser scharfe, ultramännliche Glatzkopf, der sagenhaft gut küssen konnte. Ich hätte mich am liebsten an seinen Lippen festgesaugt wie ein Hausmeisterpümpel. Der Mann war reines Testosteron, und ich freute mich darauf, aus dem lauten Klub zu kommen und es mir von diesem ultramännlichen Typen besorgen zu lassen. Dann auf seinem Futon sprach er plötzlich mit einer Fistelstimme wie Charleys Tante und wollte »Schlampe« von mir genannt werden. Da ich überhaupt keine Lust hatte, die Rückkehr der Mumie zu ficken, war der Abend für mich schnell vorbei.

Oder die elegante Tangotänzerin, mit der jeder Schritt und jede Drehung wie ein Vorspiel war und die mir währenddessen heiße Versprechungen von Dominanz und Unterwerfung ins Ohr flüsterte. Experimentierfreudig schälte ich mich im Hotelzimmer aus meinen High Heels, während sie weiter von Bondage und Demut erzählte. Von Vertrauen und Fantasie. Vom Hölzchen aufs Stöckchen kam. So eine Labertasche habe ich selten gehabt. Ich fing nur deswegen mit 69 an, damit sie endlich den Mund hielt.

Unvergessen auch der Moment, als die WG-Kumpels meines One-Night-Stands plötzlich mitten beim

Sex in der Tür standen und Streit wegen des leeren Bierkastens vom Zaun brachen und dabei demonstrativ ignorierten, dass ich nackt auf ihrem Mitbewohner saß. Oder das Pärchen, mit dem ich zu gern meine Fantasien vom flotten Dreier ausgelebt hätte, der dann aber unvorbereitet zu einem weniger flotten Fünfer mutierte, weil die beiden zwei sabbernde Riesenköter besaßen, die mit Mutanten-Zungen vor dem Bett hechelten.

Und an die Nacht, in der sich beim Knutschen vor der Haustür plötzlich das Toupet des Mannes löste und ihm in die Stirn rutschte, möchte ich lieber nicht mehr denken. (Liebe Männer: Haarausfall ist nicht ehrenrührig, also klebt euch bitte keinen Mopp auf den Kopf!)

Warum ich das Jagen und Erlegen trotzdem nicht lassen kann? Weil es doch immer Männer und Frauen gibt, die so hinreißend, intensiv und überwältigend sind, dass ich mich mit ihnen fühle wie Alice im Wunderland.

Die letzte Nacht, in der alles stimmte, passierte wieder mal im Hotel. Ich weiß auch nicht wieso, aber alles an Hotels macht mich wuschig. Die flauschigen Teppiche in den Korridoren, die Kristalllüster, die Marmorbäder, die Uniformen der Pagen – und die Hotelbar natürlich. Nach einem langen Blick von meinem Cosmopolitan rüber zu seinem Martini war die Sache eigentlich klar. Meinen Namen wollte er nicht wissen, und ich habe nicht nach seinem gefragt. Im Zimmer zog er mich und sich komplett aus, mit BH und Höschen und allem, ohne seinen Kuss zu unterbrechen, und ließ sich durch nichts ablenken. Er war Petting-Weltmeister, und wenn ich eines liebe, dann Männer, die knutschen und fummeln können, als gäbe es nichts Besseres auf der Welt. Er fickte puristisch, erst Missionarsstellung und dann a tergo, mit Hingabe und Konzentration und so viel Freude an der Sache, dass ich zwischendurch dachte: »Der ist zum Ficken geboren.« Er wusste viel über Klitorisse und wie man ihnen huldigt, wartete meine Orgasmen charmant ab und machte dann bis zu seinem weiter, bis wir irgendwann schweißnass dalagen. Nach einer Weile küsste er mich innig auf die Hand, sah mir tief in die Augen und zog sich an. Ich habe ihn nie wieder getroffen. Aber in diesem Hotel steige ich immer gern ab und trinke in der Bar einen Cosmopolitan auf ihn.

Draußen nur Kännchen:
One-Night-Stands (4)

Da ist es am Morgen danach, dieses Gefühl, unangenehm wie der pelzige, abgestandene Mief im Mund, das »Bist-du-immer-noch-da?«-Gefühl. Da gibt es nichts: Das muss man(n) kaschieren. Darin sind Frauen meist gut. Und ein richtiger Mann kann das auch. Charmant, freundlich und souverän. Separates the boys from the men.

Manchmal hat man Pech, dann wacht man mitten in der Rocky-Horror-Show auf. Der Easy Rider vom Vorabend entpuppt sich als Lazy-Couch-Potato, und statt sich mit den ersten Sonnenstrahlen auf sein Bike zu schwingen und lässig zum nächsten Highway zu brettern, hängt er gegen Mittag immer noch schnarchend in den Federn und speichelt auf mein Kopfkissen. Ich hatte mal einen, der begrüßte mich, noch während ich mich zu erinnern versuchte, ob er jetzt Mike oder Mick oder Miles hieß, mit dem Satz: »Was machen wir heute, mein Schatz?« Da stellen sich mir die Nackenhaare auf, denn Frauen, die sich von fremden Männern die

Muschi lecken, den Finger in den Po stecken oder beim Ficken in der tibetanischen Schubkarre positionieren lassen, wissen genau, was sie tun. Und sie sind sich darüber im Klaren: Das Leben ist kein Ponyhof und ein One-Night-Stand kein Heiratsmarkt. Eindringen ja. Gern. Aber nicht einziehen.

Man kann diesem Fremdsprachenunkundigen jetzt natürlich sachlich erklären, was das »One« in dem Wort »One-Night-Stand« bedeutet, doch meist schnallen die echten Klettverschlusstypen derartig subtile Hinweise nicht. Leider macht einem meist die Höflichkeit einen Strich durch die Rechnung.

So wäre ich beim pupsenden Peter zum Beispiel sehr gern verwirrt aus dem Bett gesprungen, um hektisch zu murmeln: »O Gott, ich hätte um zehn zurück auf Station sein müssen, jetzt erhöhen die wieder meine Dosis.« Und während ich mich unter kichernden Selbstgesprächen ins Bad verzogen hätte, wäre er lautlos wie eine Halluzination verschwunden.

Echt fies, aber auch lustig finde ich die Variante bei dem Überbleibsel einer Singleparty vom Typ »Ü30« (leider wusste ich am Vorabend einer solchen nicht, dass das »nach dreißig Versuchen übrig geblieben« heißt) zu behaupten: »Theklas Terrarium ist offen, so 'n Mist. Falls du irgendwo meine Vogelspinne siehst, erschreck sie nicht.«

Und ebenfalls habe ich mir auch schon gewünscht, ein Telefongespräch mit der besten Freundin zu faken, mit dem ich mich für den lausigen Cunnilingus der letzten Nacht rächen könnte. Für diese Nummer müsste man genau den Moment abpassen, in dem der Mann schon mithört, aber noch nicht wirklich wach ist. Hämisches Gekicher begleitet in diesem Einakter ein mitleidiges in den Hörer gewispertes »Furchtbar! Ich sag dir, ganz, ganz schlimm, ich dachte, ich hab Kermit im Bett, wobei sogar Krötenlecken schärfer gewesen wäre, ich erzähl's dir gleich ganz genau«.

Wer nicht gern so dick aufträgt, dem empfehle ich einen beherzten Griff in den Schritt und die fürsorgliche Frage: »Juckt's bei dir eigentlich auch so?« Das kann man kombinieren mit muschisaftbenetzten Fingern und einem »Riech mal, damit geh ich besser zum Arzt, oder?«

Aber nicht alle Männer sind das personifizierte Morgengrauen. Einige sind durchaus nett und süß.

Nur müssen sie eben weg, bevor sich diese Meinung ändert.

Wenn ein gemeinsames Frühstück nicht zu vermeiden ist, geht das am besten kurz und schmerzlos im Café um die Ecke, obwohl es da nur Kännchen gibt. Da kann man sehr einfach zu viel Intimität vermeiden. Gemeinsam aus einem Nutellaglas zu löffeln erweckt den falschen Eindruck einer wunderbaren Freundschaft.

Genau wie beim letzten Gespräch vor dem Ficken ist es auch mit dem ersten danach: unbedingt unmissverständlich sein. Keine Versprechungen. Keine Andeutungen. Und es sollte auch nicht in eine gegenseitige Bewertung wie beim Eiskunstlauf ausarten. Ich hatte nämlich mal einen Exfreund, der dachte, er müsse nach dem Beischlaf den Sportkommentator geben, so à la »Vorspiel eine durchschnittliche Fünf, das Rammelprogramm eine Sechs Komma fünf, die Vibratoren-Kür am Schluss eine überraschende Acht. Insgesamt eine ordentliche Leistung, aber nicht medaillenverdächtig.«

Viel schöner ist es, wenn stattdessen beide nur noch mal kurz sagen, wie viel Spaß es gemacht hat und dass der andere wirklich wahnsinnige Brüste/Grübchen oder sonst was hat. Wenn er bei Tageslicht wirklich nichts Tolles hat, lobt seinen Hintern, das glauben Männer zu gerne.

Der letzte Kuss bitte brüderlich beziehungsweise schwesterlich auf die Stirn oder auf die Wange. Und dann Adios.

Für spätere Begegnungen gilt: Man sieht sich immer zweimal im Leben. Einmal beim Vögeln und einmal auf dem Weg ins Bad. Natürlich grüßt man sich nett und freundlich, wenn man sich später zufällig wiedertrifft. Wem Sex anschließend peinlich ist, der sollte ihn gleich lassen.

Vögeln

Den besten Sex meines Lebens hatte ich mit Buchfink, den ich während eines Erstsemesterwochenendes in der Heide kennenlernte. Wir saßen in einem Kreis, hatten Post-its mit Tiernamen auf der Stirn und mussten gegenseitig raten, was wir sein sollten.

Ich war ein Chinchilla, das hatte mir eine Textilwissenschaftsstudentin verpasst. Klar, Frauen sind immer etwas Flauschiges, Fiependes mit dicht bewimperten Glotzaugen und zuckenden Schnäuzchen. Die meisten Frauen, die ich kenne, sind eher geheimnisvolle Quallen, die ihre Tentakel überall haben, wobei nicht alle giftig sind, aber nur plüschig und harmlos ist kaum eine, und das ist ja auch gut so. Ich hasse es, wenn Frauen auf dem Niedlichkeitstrip sind, sich Schleifchen ins Haar machen und Söckchen an die Füße, sich Biggi nennen, Susi oder Dani. Wer geht denn mit seinem Krebsgeschwür zu einer Onkologin, die von sich selbst glaubt, sie sei Minni Maus? Aber das ist ein anderes Thema.

Meine Mit-Studis hatten ihre Tiere schnell geraten, Buchfink und ich blieben übrig und gaben uns noch gegenseitig Tipps, während die anderen schon langsam zum Essen gingen. Wir hatten es nicht eilig und unterhielten uns zwischen dem Raten (»Habe ich Pfoten?« – »Lebe ich im Wald?«) immer wieder sehr nett.

Den Buchfink hatte sich ein Nerd im Nickipulli ausgedacht, von dem ich nur noch weiß, dass er ein Faible für Käsesuppe hatte und versuchte, mir beim Abspülen an die Brüste zu fassen.

Wie symbolisch das Tier war, das er für Buchfink gewählt hatte, konnte der Nerd natürlich nicht wissen, denn Buchfink, das stellte sich bald heraus, hatte zwei Leidenschaften: Bücher und Vögeln. Eine gute Mischung.

Erstens kann man dann miteinander sprechen, während man gerade nicht übereinander herfällt, was angenehmer ist, als stumm nebeneinanderzuliegen und sich aus Langeweile die Schamhaare einzeln auszurupfen. Und zweitens ist der Spruch, dass Dumm gut fickt, absoluter Blödsinn. Nichts auf der Welt klappt besser mit weniger Hirn, das weiß man spätestens seit Frankenstein. Auf einer Gehirnhälfte zu vögeln bringt's schon mal gar nicht, denn je mehr Lämpchen da oben brennen, desto mehr kann man gleichzeitig tun: fummeln und stoßen, knutschen und reden, stöhnen, atmen, kichern, seine Bandscheiben schützen, die brennenden Kerzen im Auge behalten und ans Eintüten denken.

Buchfink hatte ein Haarnest auf dem Kopf, das in alle Richtungen abstand, er war mittelgroß, schlaksig und relativ still. Dass ich wohl doch nicht auf große, laute Partylöwen stehe, war das Erste, das ich bei ihm lernte. Dass graue Augen das Schönste überhaupt sind, brauchte ich nicht erst zu lernen, das wusste ich sofort, als ich seine sah. Was immer Buchfink bis zu diesem Wochenendtrip in seiner Freizeit gemacht hatte, es musste mit Ficken und Blättern zu tun gehabt haben, denn bei beidem kannte er sich aus, ohne es vor sich herzutragen.

Ich war unerfahren bis auf einige Erlebnisse mit einem als Wiese verkleideten Mann aus Delmenhorst (während des Karnevals), einem ungeschickten Referendar, der zu stottern anfing, als es zur Sache ging, und einem unappetitlichen Moment mit einem Orthopäden sowie einigen sehr schönen Nächten mit Frauen.

Unerfahren heißt in meinem Fall: nicht ungefickt, aber ungevögelt.

Der große Höhenflug war bisher nicht dabei gewesen (die Mädels mal ausgenommen, an dieser Stelle grüße ich herzlich P. aus K., du scharfe Schnute) – mit Männern war alles eher Geiersturzflug, so etwa mit dem Orthopäden, der ein Ego wie ein Wasserkopf hatte und der mir im Bett berichtete, er habe seine erste Freundin siebenmal hintereinander zum Orgasmus gebracht, es aber bei mir noch nicht mal halbherzig versuchte.

Buchfink brachte mir einige entscheidende Dinge über Sex bei.

1.) Es gibt keinen anständigen und unanständigen Sex. Ich hatte bis zu diesem Moment immer gedacht, es gebe die saubere romantische Nummer mit Kerzenschein und Gewisper und dem gemeinsamen Milchkaffee am nächsten Morgen und dann die säuischen Sachen, die man höchstens mal mit jemandem macht, den man nachher nie wiedersieht. Ich lag gerade zwanzig Minuten nackt in Buchfinks Armen, da hatte ich seine Zunge auf der Klit und seinen Finger im Po. Und wenig später einen zweiten Finger in der Muschi. Mir ist das ja bis heute anatomisch nicht ganz klar (das hätte ich mal den Orthopäden fragen sollen), aber Buchfink konnte, wenn er mich beim Oralsex mit Daumen und Mittelfinger in Möse und Arsch fickte, beide Finger gegengleich bewegen. Dass Männer nicht multitaskingfähig sind, wäre damit also widerlegt. Man muss ihnen nur einen Anreiz hinhalten – eine tropfnasse, heiße Spalte zum Beispiel, mit einer wimmernden und fiependen Frau daran. Hier möchte ich mich auch bei der Textilwissenschaftsstudentin entschuldigen, dass ich ihr Tier für mich so blöd fand, denn möglicherweise habe ich tatsächlich gefiept wie ein Chinchilla, und möglicherweise habe ich auch mit dem Schnäuzchen gezuckt, als es mir kam. Buchfink zumindest behauptete das.

2.) Peinlich ist nix. Fand Buchfink. Da hatte er recht. Finde ich. Die Pupsgeräusche, wenn man auf allen vieren gevögelt wird und sich dann wieder umdreht zum

43

Beispiel, ja mein Gott. Den Speichelfaden am Kinn, geschenkt. Das sinnlose Gestammel und hysterische Gekicher. Die Schweißränder in den Falten der Speckröllchen. Das Knacken der Knie, das Kreischen, wenn man zufällig an eine kitzlige Stelle kommt, das saugende Schmatzen, wenn sich zwei aneinandergepresste Bäuche gegenseitig vakuumiert haben. Aus dem Bett zu plumpsen, weil man an das Kondom auf dem Boden nicht rankommt, die Nachttischlampe dabei umzureißen und sich am heißen Schirm zu verbrennen, mittendrin von der im Bett liegenden Katze attackiert zu werden oder die bequeme Sportunterwäsche – schnurz. Wer einen perfekten Körper ficken will, soll sich halt eine schöne Leich suchen.

3.) Man darf sich dabei selbst anfassen. Buchfink fasste sich ständig an, wenn er erst mal nackt war. Er zwirbelte seine Brustwarzen, kratzte und streichelte sich, schwenkte seine Eier, spielte an seiner Vorhaut, wichste, fasste sich beim Ficken an den Hintern und massierte sein Poloch, er machte mit jeder Geste klar: alles meins. Das hab ich mir schnell abgeguckt. Was hatte ich bei dem stammelnden Referendar darauf gewartet, dass er mal meine Klitoris rieb, während sein Schwanz in mir war, aber auf die Idee kam er gar nicht. Und als ich es dann vorsichtig anregte, und ich bin im Bett immer exorbitant höflich, zuckte er zusammen, und nichts ging mehr. Und der unappetitliche Orthopäde hatte meine Hand sogar weggeschoben, als die zufällig auf meiner

Brust gelegen hatte, und dabei leicht beleidigt gesagt: »Lass mal, ich mach schon.« Das ist doch bescheuert. Ich meine, was ist besser als warme geröstete Cashewnüsse? Warme geröstete Cashewnüsse mit Chili-Käse-Knuspermantel. Und einem Glas Prosecco dazu. Und ein Kaminfeuer. Und einem tropfnassen Bülent Ceylan, der gerade aus der Dusche kommt und sich mir in einem flauschig weißen Bademantel vor die Füße wirft – aber ich schweife ab.

Was immer man an Ressourcen hat, sollte man auch einsetzen, um den Genuss zu erhöhen. Puristin kann man ja beim Einrichten sein oder beim Tischdecken, aber beim Ficken? Da gilt doch wohl: je mehr Hände an je mehr Stellen, desto besser. Seitdem knete und streichle, masturbiere und kneife ich mich beim Sex wohlig, wo immer es mich gelüstet.

4.) Alles braucht einen Namen. Dass es saugeil ist, über Sex zu sprechen, wusste ich zu diesem Zeitpunkt zwar schon eine ganze Weile, hatte es aber in der Praxis nie so richtig umsetzen können. Der Referendar stotterte, der Orthopäde schnappte direkt ein, und der als Wiese Verkleidete blühte nur still vor sich hin, sagte eigentlich nie was, selbst als ich ihm aus Versehen beim Blasen mit den Zähnen an die Eichel kam. Mit Buchfink spielte ich an diesem Abend das Post-it-Raten weiter. Wir klebten, als wir uns zwischendrin mal ausruhten, ein Post-it auf einen Körperteil, und der andere musste raten, wie wir das Dings da unten, da hinten oder da vorn benannt haben wollten. Männer sind da ja sehr pragmatisch. Die meisten, die ich später kennenlernte, bevorzugten ein schlichtes »Schwanz« für ihr bestes Stück. Da muss man sich nicht viel merken. Ich finde »Muschi« nett oder »Möse«, und wenn jemand »Fötzchen« sagt, werde ich fast augenblicklich feucht. Bei »Titten« aber zieht sich alles in mir zusammen. Das klingt teigig und billig, schwabbelig und euterartig. Und als wir dann wussten, wie wir was nennen wollten, trieben wir es ein letztes Mal, jetzt mit Untertiteln in meiner Lieblingsposition auf allen vieren mit anfassen, reden und allem.

Anschließend erzählte ich ihm im Dunkeln, was ich noch nie jemandem erzählt hatte, dass ich nämlich Kunstgeschichte nur just for fun studierte, weil ich Kunst toll finde, aber eigentlich schreiben wollte, also hauptberuflich und am liebsten über Sex, weil Sex und Bücher die beiden Sachen sind, die mich am meisten interessieren. Und Buchfink sagte, dass ich ja später, falls ich berühmt würde, meine Biografie *von hinten mit reden* nennen könnte, »oder einfach nur *vögeln*«, das gefiel mir dann auch besser.

Der Sex mit Buchfink war sicher nicht der ungewöhnlichste, aber es war der überraschendste, denn es war das erste Mal, dass es mit einem Mann richtig gut war. Sex, wie er sein kann. Dafür klebte ich ihm, während er noch schlief, ein Post-it mit meiner Telefonnummer auf die Stirn.

No Sex please

In dieser Kolumne wird nicht gefickt. Kein einziges Mal. Es gibt kein Gejauchze und Gestöhne, keine harten Schwänze und heißen Muschis, nicht einen rosa Nippel, denn hier geht es um das große E: die Enthaltsamkeit.

Ich war ein bisschen rattig neulich, nicht schlimm, nicht dieses Gefühl, als würde die Klitoris zu einem Pavianhintern anschwellen, sondern nur so leicht erhitzt, ein bisschen kribbelig eben. Ich kniete vor meiner offenen Dessous-Schublade und überlegte, was man dagegen machen könnte: baden mit dem Vibrator-Quietscheentchen, mir auf youporn die neuesten Filme von Lesbengruppensex ansehen oder doch gleich das Adressbuch nach einem potenziellen und potenten Kandidaten absuchen.

Aber dann hatte ich eine Idee: »Geh an deine Grenzen«, wisperte es in meinem Kopf, »sammle eine völlig neue Erfahrung.« Oder auch: »Nimm die Herausforderung an, finde und reinige dich.« Jetzt wurde mir die

Stimme entschieden zu esoterisch. Schon vor den Heil-dich-durch-Baumstreicheln-Regalen in Buchläden bekomme ich immer Beklemmungen, und Selbstgespräche vor offenen Dessous-Schubladen zu führen ist ganz sicher nicht gesund. Vielleicht waren es schon die ersten Anzeichen des sexuellen Überdrucks im Hirn. Doch die Idee an sich klang interessant.

Was wäre denn, wenn ich einfach mal eine abstinente Phase einlegen würde? So eine Art sexuelles Heilfasten? Man liest das doch überall: ausmisten, einsparen, simplify your sex. Vielleicht packt mich die spirituelle Erleuchtung, wenn die Hormone mich bis zur Schädeldecke geflutet haben? Vielleicht kommt hinter der Suche nach Spaß, Befriedigung und Abenteuer ja das große weiße Licht? Vielleicht erscheint mir der Urmutter-Schoß? Die heilige kosmische Riesenmöse? Vielleicht gibt es dann auf die Vagina-Monologe endlich eine Antwort?

Bei mir dauerte der Zustand der freiwilligen Keuschheit seit meinem Dessous-Schubladen-Gelöbnis gerade mal zwei Wochen, als es so langsam qualvoll wurde. Spirituelle Einsichten hatte ich jedenfalls keine, und auch die große Muttergöttin hatte sich nicht in meinem Müsli manifestiert.

Das ist wie bei einer Diät. Nach zwei Tagen Kohlsuppe schmeckt selbst ein Pumpernickel himmlisch, und die Gedanken an Champagnertrüffel verfolgen einen bis in die Träume.

Plötzlich hatte ich Visionen von zwei Männern, die mir synchron die Kniekehlen leckten. Egal ob ich an der Gemüsetheke stand oder eine Zeitung aussuchte, ständig fühlte ich die beiden Jungs an meinen Beinen herumschlabbern.

Und ich erinnerte mich überdeutlich, geradezu plastisch, an die festen kleinen Brüste meiner Schulfreundin Sabine, die ich einmal im Freibad eincremen durfte, weil Sabine ihre Nägel frisch lackiert hatte. Und dann träumte ich mitten in der Teppichabteilung bei IKEA davon, meinen nackten Hintern auf diesem weichen, wolligen Schaffell zu schubbern.

Die demütigenden Anzeichen meiner Zwangsaskese wurden immer mehr:

Bei der Merci-Reklame und dem dazugehörigen Schmachtsong »Du bist der hellste Stern an meinem Firmanent« bekam ich feuchte Augen und fand diesen Spot plötzlich ganz ehrlich und unironisch romantisch. Dann entdeckte ich in der zu engen und immer fleckigen Jeans meines streng müffelnden Nachbarn plötzlich einen ganz niedlichen Po. In der Kaufhaustoilette fühlte ich mich irgendwie erregt, als ich auf dem Türstopper den Aufdruck »Bumsinchen« entdeckte (das steht da wirklich), und im Auto fing ich an, bei dem Wort »Verkehrskollaps« aus dem Radio grenzdebil zu kichern.

Schließlich hatte ich sogar peinliche Träume von Männern, die ich nur aus dem Fernsehen kenne und die ich überhaupt gar kein bisschen attraktiv finde. Ich erwachte schweißnass aus einer Tiefschlaf-Orgie mit Kurt Felix und Ross Antony – jaaa, ich weiß, dass der schwul ist und gern mal im Dschungel Känguruh-Anusse verspeist, aber mein Traumhirn wusste das offenbar nicht.

Wo bleibt sie denn, die Euphorie, die Endorphinflutung, auf die ich immer noch vergeblich warte, wenn ich fast schon auf dem Crosstrainer im Fitnessstudio kollabiere? Ich hatte doch so viel vor: Ich wollte mindestens viermal zum Cycling gehen, den Bettwäscheschrank sortieren, endlich mal vegan kochen, den Papierstapel auf dem Schreibtisch abheften und den Keller aufräumen.

Stattdessen fühle ich, egal, ob ich sitze, gehe oder stehe, die Feuchtigkeit zwischen meinen Beinen wie ein sumpfiges Biotop voller geiler Kleinstlebewesen. Mein Denken hat sich völlig auf meinen Unterleib reduziert.

Sex ist normalerweise ein fester Bestandteil meines Lebens, er ist da wie mein morgendlicher Milchkaffee und der Arztserien-Marathon am Mittwochabend. Ich schätze ihn als Entspannung und Kraftreserve, als eine Art Red Bull für Hirn und Gemütshaushalt, denn nach Orgasmen kann ich mich bestens konzentrieren, und meine Mitmenschen bekommen meinen anschließenden Liebreiz zu spüren.

Aber jetzt ist es keine Kribbeligkeit und keine Hitze. Das ist kein Verlangen. Sondern Gier. Ich hasse Psychoexperimente. Was nicht kaputt ist, soll man auch nicht reparieren. Vor fünfzehn Tagen war ich noch eine sexuell aktive, zufriedene Frau, und jetzt bin ich eine hormongeflutete Furie. Dieser Sexentzug simplyfied mein Leben überhaupt nicht. Wenn in mir eine Asketin stecken würde, wäre ich als Dalai Lama geboren worden. Dann hätte ich allerdings auch seine Frisur und seine Lache, und das kann wirklich niemand wollen.

Also werde ich das tun, was ich am besten kann: mich dem Genuss hingeben. Knutschen, fummeln, rubbeln, lutschen. Ficken! Schluss mit simplify. Ich will es nicht einfach! Ich will es heiß, rattig, scharf und von mir aus kompliziert. Hauptsache, ich denke beim ersten Notstands-Masturbieren jetzt nicht mittendrin an Kurt Felix.

Brainfuck

Langweilige Sonntagnachmittage verbringe ich gern in der Bahnhofsbuchhandlung. Sex-Zeitschriften-Sightseeing. Männer angucken, die gerne Sex-Zeitschriften angucken würden, sich aber nicht trauen, weil ich da rumstehe, und dann von einem Fuß auf den anderen treten, als müssten sie Pipi oder hätten einen Analplug in den Eingeweiden. Die schleichen so lange um das entsprechende Regal herum, bis ich sie am liebsten fragen möchte, ob sie vielleicht ein »Q« zu verkaufen haben wie der grünliche Trenchman in der *Sesamstraße*.

In diesen Spezialzeitschriften finde ich immer die tollsten Sachen: unrasierte Swinger vor einer Schüssel Kartoffelsalat im Pinneberger Sexklub »Muschimaus«, reikibehandelte Tantra-Massagestäbe aus engelgesalbtem Biokristall oder spermageflutete transsexuelle Gummisklaven, die gerne ihren Feierabend als lebendiger Abort verbringen. Es gibt eben nichts, was es nicht gibt. Gottes grüne Weide hat für alle Lämmer und jeden Blök Platz.

Die meisten dieser Hardcore-Magazine bestehen ja zu neunzig Prozent aus Fotos und zu den restlichen zehn aus der Pöter-Poesie unfreiwillig komischer Texter, bei denen ich immer hoffe, dass sie ihrer Arbeit wenigstens mit Zynismus nachgehen und sich nicht tatsächlich für Henry Miller halten. Egal – alles was geil macht und die Nation entspannt, findet grundsätzlich meine Zustimmung.

Was ich allerdings nie verstehen werde: dass Männer zu Fotos von nackten Frauen onanieren, obwohl man auf diesen Fotos nicht mehr sieht als einen Körper, also keine Action, keine Geschichte. Männer haben offensichtlich ein Erregungszentrum, das bei bloßer Anatomiebetrachtung anspringt wie ein unverwüstlicher Diesel-Benz. Und wie immer, wenn Männer etwas haben, das ich nicht habe, bin ich darauf neidisch.

Ich sehe mir schon auch gerne Fotos von nackten Menschen an. Bei Männern finde ich es faszinierend, wie viele verschiedene Schwanzformen und Schwanz-Sack-Ensembles es gibt. Bei Frauen schätze ich vor allem die Fotos, neben denen noch Angaben zu Größe, Gewicht, Alter und so weiter stehen. Ich vergleiche dann gern, wie viel die wiegt und wie viel ich, wie groß ihr Busen ist und welche Form er hat, ich überlege, ob ich gern so aussähe, oder wie ich die Frauen zurechtmachen würde, wenn ich die Stilistin dieser Shootings gewesen wäre, oder was wohl an dem Bild alles manipuliert wurde.

Es ist ja bekannt, dass Playmates, wenn sie in echt so aussähen wie im Magazin, weder atmen noch aufrecht stehen könnten, weil irgendwelche armseligen Grafiker ihnen einige Rippen und lebenswichtige Organe wegretuschiert haben. Übermäßiges Retuschieren, das möchte ich an dieser Stelle mal sagen, finde ich zum Kotzen, vor allem die in den Frauenzeitschriften. Retuschen, die aus hübschen Frauen giraffenhalsige, glotzäugige, spindelige Aliens machen, sind frauenfeindlich, unästhetisch und so unnötig wie schönheitsoperierte Muschis, aber das ist ein anderes Thema.

Es gibt auch Models, die ich sexy finde oder mit denen ich gerne vögeln würde, aber – und das ist es, was mich an Männern so verwirrt – ich käme nie auf die Idee, zu diesem Foto zu masturbieren. Vielleicht klärt mich ja mal jemand auf, denn das interessiert mich wirklich: Woran denkt ein Mann in dem Moment? Starrt mann paralysiert auf die Nippel oder das Tattoo neben der rasierten Muschi und wird dann plötzlich überwältigt? Oder denkt ihr euch Geschichten mit dem Mädchen aus? Wie ihr ins Studio kommt, sie sitzt da in einem Kimono, sie hält euch für den Fotografen und zieht blank, und anschließend fickt ihr sie auf dem Studioboden ins Nirwana? Das wäre ja fantasievoller, als Frauen es Männern meist zutrauen.

Und selbst wenn das so funktionieren sollte, wundere ich mich, dass ihr dabei zur Anregung ein Foto anseht, denn bei mir ist das ja so, dass ich mit real existierenden Personen im Kopf überhaupt nicht masturbieren kann. Nehmen wir mal jemanden, den ich wirklich scharf finde: den etwas jüngeren Kent Nagano, entrückt einer Konzert-CD lauschend und sich mit den sensiblen Händen übers Kinn streichend. Selbst dieses erotische Mahnmal schafft es zwar bis in meinen Kopf, aber nicht bis in mein Lustzentrum.

Wonach sucht ihr euch die Fotos aus? Geht es da um Maße und Gesichter? Um Schönheitsideale? Um die Ähnlichkeit mit einer real existierenden Frau aus eurem Leben? Muss das Mädchen auch »irgendwie freundlich« aussehen? Ich würde mir zum Beispiel lieber eine Sexszene mit (dem ebenfalls jüngeren) Michael J. Fox vorstellen als mit Tom Cruise, einfach weil Michael J. Fox immer so dankbar guckt wie ein angebundener Welpe auf der Autobahnraststätte. Tom Cruise dagegen absolviert seine Bettszenen mit der Selbstverliebtheit meiner Trainerin im Bauch-Beine-Po-Kurs. Also: Woran denken Männer beim Onanieren? Ans bloße Fleisch oder ans aktive Ficken? Sehr rätselhaft.

Was ich auch nie verstehen werde: Wieso kauft sich jemand, der selbst eine Hackfresse hat wie ein Freightliner, einen Kampfhund, der kieferchirurgisch genauso herausgefordert ist? Wieso haben die Frau, die unter mir wohnt, und ihr Yorkshire Terrier die gleiche Frisur?

Und was mich noch viel mehr interessiert: Wieso kann ich, wenn unten die Bettfedern quietschen, nie erkennen, wer von den beiden gerade jault? Das verlangt doch nach Aufklärung.

Mit Happy End

Schwul sein hat Vorteile.

Lesbisch sein sicher auch, denn man kann sich den Ladyshave, die Kalorientabelle, Dessous und die Gynäkologin teilen, den Zyklus aufeinander abstimmen und einmal im Monat gemeinsam über Schokoküsse herfallen und bei *Six feet under* heulen. Frauen finde ich toll, ich sehe sie gern an, ich spreche gern mit ihnen, und ich vögle sie auch gern. Es gibt viel zu wenig Oden an die schönen Mösen, und allein dem Gefühl, ganz vorsichtig Brüste in der Hand zu halten, oder dem Duft des Frauenhaares am Nackenansatz müsste ich mal eine ganze Kolumne widmen.

Aber heute geht es mir um etwas anderes. Das, was mir am Schwulsein so verführerisch erscheint, ist die Tatsache, dass da Männer unter Männern und die sich wiederum einig sind. Gut, das trifft jetzt auch auf die Jungs zu, die sich im Baumarkt über den nächsten einzudübelnden oder anzuflanschenden voll verzinkten Dingsbums unterhalten. Aber vor allem in sexueller

Hinsicht ist es doch einfach schön, wenn alle wissen, worum es geht und das auch noch gut finden.

Anders gesagt: Mir scheint, schwule Männer räumen der Lust und der Erotik einen viel höheren Stellenwert ein, als das in Heteropartnerschaften der Fall ist.

Schon klar, dass sich jetzt wieder alle sexuell vernachlässigten Männer aus den Bäumen schwingen, sich auf die Brust trommeln und den Kiefer bis zum Rachenzäpfchen aufreißen, um zu röhren, das sei nur die Schuld von uns Frauen, weil wir ja immer Migräne haben, vorher stundenlang sprechen wollen, weil man uns beschenken und mit Aufmerksamkeit, Komplimenten und Seelenentblößung überschütten muss, damit es in unserem Unterleib hochwallt und es uns auf den Rücken wirft. Ich kenne diese Argumentation.

Was ich allerdings nicht kenne, sind Frauen, die so sind. Keine meiner Freundinnen hat sich jemals über zu viel Sex in ihrer Partnerschaft beschwert. Über zu öden ja, zu kurzen, zu ruppigen, zu einfallslosen und zu vorhersehbaren. Aber nicht über zu häufigen. Wo sind sie denn, die Männer, die jederzeit ständig ficken wollen? Natürlich – schluckt die Galle wieder runter, Jungs – gibt es Frauen, die sich nicht viel aus Sex machen. Es gibt sie durchaus. Ein paar schon.

Wobei ich euch an dieser Stelle ganz nebenbei ein Geheimnis über Frauen verraten möchte: Viele dieser missmutigen, nörgelnden, unberechenbar zickigen oder weinerlichen Frauen wären all dies nicht, wenn sie nicht immerzu Hunger hätten. Fast sämtliche Frauen, die ich kenne, privat oder beruflich, hungern. Und das erstaunlicherweise völlig unabhängig vom Gewicht. Dünne wie dicke, allesamt mangelernährt. Dünne, weil sie dünn bleiben wollen, und dicke, weil sie dünner werden wollen. Und wer an Snickers und Pasta al forno denkt, denkt nicht ans Ficken. Nur mal so als Tipp zwischendurch.

Zurück zum Thema. Was ich bei schwulen Männern so befreiend und anturnend finde, ist, dass sie Sex so wichtig nehmen. Sex spielt eine dominante Rolle, und zwar für alle, nicht nur für ein paar hormongesteuerte Dauerrammler. Und ich glaube ja fest daran, dass jemand, der gut gevögelt ist, weniger Mist baut als ungefickte Verklemmte.

Schwule haben deshalb auch den Darkroom erfunden, und da muss ich sagen: So was will ich auch. Aber keinen Swingerklub, wo man erst mal eine halbe Stunde durch den Odenthaler Forst fahren muss, um dann an einer verschwiegenen Pforte die Losung des Tages (»Tante Erna backt Torte«) in eine Sprechanlage zu hauchen, woraufhin sich das Gatter öffnet und im Inneren der Villa schmerbäuchige Frührentner in Leopardentangas Strippoker spielen. Es darf nicht so knösig sein, nicht so nuttig, nicht wie die Provinzversion von *Eyes Wide Shut*, und es darf auch nicht groß FICKEN über dem Eingang stehen. Was ich mir vorstelle, ist zivilisierter, jederzeit erreichbarer, sicherer anonymer

Sex in einem netten, hygienischen Ambiente, das man auch gerne betritt, wenn nicht Tag der offenen Muschi ist.

Meine Idee wäre ein Frauenbordell in Form eines Wellnessklubs.

Frauen lieben Wellness. Wir lieben die flauschigen Bademäntel und Pantöffelchen, wir lieben die sanfte Musik und die vielen, vielen sauberen Handtücher, wir lieben warmes Wasser und duftende Öle. Und wir lieben gut gebaute Masseure, die ihr Handwerk beherrschen und ansonsten die Klappe halten. Ich stelle mir das so vor: Man betritt das Luxus-Spa allein oder zusammen mit Freundinnen, trinkt noch ein Glas Champagner und bucht bei der freundlichen Rezeptionistin die jeweilige Anwendung – zum Beispiel eine Lomi-Lomi-Massage bei Ming oder die vierhändige Abhyanga bei Aamir und Raju. Der Massageraum ist sehr warm, und das Licht kann von schummrig gemütlich auf stockfinster gedimmt werden. Wahlweise verbinden sich die Masseure die Augen, bevor sie den Raum betreten, und natürlich kann man als Kundin auch wählen, ob man von einem nackten, halb oder völlig bekleideten Masseur bedient werden möchte. Die Anwendung selbst ist professionell und fachkundig. Wenn die Kundin nichts weiter unternimmt, passiert nichts, was nicht auch in einem TUI-Katalog stehen dürfte. Sie geht anschließend duschen und gönnt sich vorn im Bistro noch eine Bio-Quiche. Wenn sie aber im Laufe der

Massage den roten Knopf unter der Liege drückt, bedeutet das, sie möchte ein Happy End. Und dann wird der immer noch schweigende Masseur mit sanften Griffen eine Klitorismassage vornehmen oder je nach Wunsch eisgekühlte Dildos, angewärmte Vibratoren, seine Zunge oder seinen Schwanz zum Einsatz bringen – ganz so, wie es die Kundin vorher auf ihrer Karte vermerkt hat.

Ich habe dieses Geschäftsmodell noch keinem dauergrinsenden Sparkassenmitarbeiter mit Micky-Maus-Krawatte vorgeschlagen, und ich bezweifle, dass er es finanzieren würde, aber ich bin sicher, dass Frauen dem Betreiber die Bude einrennen würden.

Bis es so weit ist, gehe ich weiterhin in die Sauna meines Sportstudios. Und wenn mir nicht der Magen knurrt, sehe ich mir unauffällig schöne Schwänze und Mösen an, denke an Sex und wünsche mir, die Sauna wäre eine Sauna im schwulen Sinn, denn die Jungs wissen offenbar, was gut ist.

Anarchie

Als Pornoautorin bekommt man manchmal auch Leserpost, was toll ist, weil ich am Schreibtisch daheim ja leider nicht von sich räkelnden, bestrapsten Praktikantinnen oder brustwarzengepiercten, halb nackten Sekretären umgeben bin. Deshalb finde ich es immer schön zu hören, dass da draußen jemand ist, der mitliest und manchmal auch mit masturbiert. Zwei- oder dreimal erzählte mir jemand, dass er dazu eine rohe Leber benutzt, übrigens eine Idee von Philip Roth, the old fucking master of eroticism, der allemal den Literaturnobelpreis verdient hätte. Und an einem besonders glorreichen Tag berichtete ein älteres Lehrerehepaar aus dem Westerwald, dass es Szenen aus meinen Büchern nachspielt. Bei solchen Mails werde ich ein bisschen feucht vor Freude. Auch das eine oder andere Foto war schon als Anhang dabei, an dieser Stelle grüße ich Carsten aus Bottrop (ja, du hast wirklich einen schönen Schwanz, ob er der schönste des Ruhrgebiets ist, kann ich aber nicht beurteilen). Mein Lieblingsbild zeigt einen nackten Polizisten mit Motorradhelm auf dem Kopf, neben dem ein Rottweiler sitzt, der ihm aufs Gemächt sabbert. Ein ganzer Kerl, kann ich da nur sagen, und hoffentlich ist genug Chappi im Napf. Außerdem kommen gelegentlich Fragen zu Spielzeugen, Praktiken oder Gesundheitsrisiken – wenn es juckt und nässende Blasen gibt: nicht erst mich anschreiben, sondern bitte direkt zum Arzt gehen!

Die häufigsten zwei Fragen sind erstens: »Können Sie mir einen wirklich guten Pornofilm empfehlen?«, und zweitens: »Bin ich damit noch normal?«, gefolgt von der Schilderung einer bestimmten Vorliebe, das geht von Damenstrümpfen über freiwillige monatelange Sexpausen bis hin zu durch den Hodensack gestochenen Sicherheitsnadeln. Auf die erste Frage antworte ich immer mit Nein und hoffe, dass sich das irgendwann mal ändert und dass mir doch endlich ein Film unterkommt, in dem einfach attraktive, gut gelaunte, intelligente Menschen ein fröhliches Gevögel genießen und Dinge tun, die auch tatsächlich Spaß machen.

Auf die zweite Frage, sofern sie sich auf Penetration durch Rettiche, Fäkal-Fantasien mit dem Charmin-Bär oder sadistische Verkleidungsspiele als DHL-Zusteller handelt, sofern also alle Beteiligten mündig, erwachsen und begeistert sind, würde ich auf die Frage nach Normalität immer gern antworten: »Wen interessiert's?« Das meine ich nicht ironisch, sondern ganz ernsthaft.

Mir ist und war es immer völlig egal, ob das, was ich tue, möchte oder geil finde, »normal« im statistischen oder moralischen Sinne ist. Mich hat immer mehr beschäftigt: Wie heiß kann das noch werden? Wo bekomme ich es? Wer steht noch darauf? Wenn ich Oscar aus der *Sesamstraße* geil finde, würde ich mir doch eine möglichst siffige Mülltonne zum Ficken suchen. Ich zum Beispiel bin eine fakultativ bisexuelle, hautfetischistische Verbalerotikerin mit einer Vorliebe für Sexspielzeug und wollene Overkneestrümpfe – wie normal ist das?

Ob man ein Verhalten männlich oder weiblich nennt, ob einer lieber durchs Gebüsch jagt oder in Duckstellung abwartet, bis ihn was bespringt, ist mir völlig wurscht. Gut muss es halt sein, und zwar für alle, die mitspielen.

Genau aus dem Grund hasse ich Sexratgeber: all diese Werke, die behaupten, der Weg zur Glückseligkeit führe über frittierte Zwiebelringe, die man dem Mann spielerisch über den steifen Schwanz wirft (es gibt tatsächlich einen Erotikratgeber, der das empfiehlt) oder über einen ferngesteuerten Vibrator, den der Mann im Restaurant oder Kino bedient und damit seine Liebste in aller Öffentlichkeit ins Nirwana fickt (das war die Idee einer großen Frauenzeitschrift, die es wiederum aus einer seichten Hollywoodklamotte geklaut hatte). Wie soll denn jemand allgemeingültige Wege zur Ekstase vermitteln, wenn es in dem Reich von Pöter &

Pussy gar keine Regeln geben kann? Jedenfalls keine, die für alle gleichermaßen gelten, weil eben jede Muschi anders gekrault werden will und jeder Piephahn anders kräht. Und selbst wenn diese Bücher mit wissenschaftlichen Statistiken aufwarten können, wem nützt das? Angenommen, ein Mann möchte gern von seiner Frau niedergewrestelt oder in der Badewanne angepieselt werden (und ich denke mir das jetzt wieder nicht aus, genau darum ging es in dem Ratgeber, den ich neulich lesen musste), und seine Frau möchte beides nicht. Und weiter angenommen, sie finden in einem Fachbuch den Hinweis, dass neunzig Prozent aller Männer sich genau das wünschen und auch von ihren Frauen bekommen. Was bringt das diesem Paar? *Sie* möchte trotzdem nicht. Und auch im anderen Fall: Sie finden eine Statistik, die besagt, dass nur ein Prozent aller Frauen ihre Männer niederwrestlen oder anpinkeln. Damit ist *sie* statistisch aus dem Schneider. Aber *er* möchte doch trotzdem im Schraubstock ihrer starken Arme um sein Leben winseln und die goldene Wonne in der Wanne genießen.

Berichte von Menschen, die einfach erzählen, wie sie ficken und warum, lese ich immer gern, aber ich finde es geradezu fascho, dass jemand glaubt, den allein gültigen Weg zum Glück gefunden zu haben. Der soll lieber eine Sekte gründen, sich ein spermabeflecktes Bettlaken über die Schulter werfen und satanisch verzierte Kürbisse zu tantrischen Gesängen sodomisieren.

Normal ist eben relativ. Jeder hat seine persönlichen Tabus und Grenzen. Wer nachts gern in einem Darkroom im Sling baumelt und sich von haarigen Unbekannten fisten lässt, kann sich durchaus am Strand darüber aufregen, wenn jemandem beim Umziehen das Handtuch verrutscht. Und einer, der aus politischen Gründen gern mal Politikern beim Staatsbesuch vor die Füße onaniert und umso weiter spritzt, je mehr Kameras dabei auf ihn gerichtet sind, kuschelt daheim vielleicht daumenlutschend unter der Lilifee-Bettwäsche. Das ist nicht logisch und auch nicht unbedingt schön oder politisch korrekt, aber so ist Sex nun mal: immer irrational, immer abnorm und immer zutiefst individuell. Und das ist auch gut so.

Das perfekte Sex-Dinner

Wenn ein Mann für eine Frau bei sich zu Hause kocht, ist das ein Zeichen dafür, dass er ernste Absichten hat. Der will was. Klar, vögeln von allen Seiten, das wissen wir. Aber außer dem Gefinger und Gefummel baut er uns auch ein Nest und bringt uns Würmer, um im ornithologischen Bild zu bleiben, und sei es nur für einen Abend.

Oft werden zu diesem Zweck aphrodisierende Lebensmittel angeboten – entweder Spargel oder Austern, wegen der Form, oder scharfe Gewürze, wegen der angeblich potenzsteigernden Wirkung. Das halte ich für Quatsch. Die meisten dieser Wunderwaffen sind nur harntreibend, bewirken bestenfalls eine Wasserlatte, damit kann man gar nichts spielen. Bei zu scharfen Gewürzen verbrennt es einem die Zunge, die man doch noch beim Knutschen und französischen Vorspiel einsetzen will. Außerdem verstärken Gewürze den Schweißgeruch, was ich jeden Freitagabend live miterleben darf bei dem haarigen Typen, der während des Cycling-Kurses auf dem Rad neben mir sitzt und spätestens ab dem zweiten Berg dermaßen nach Dönerbude und Verwesung müffelt, dass man am liebsten das Seuchenamt anrufen möchte.

Und entgegen der Fantasie von Männern, die Frauen, wenn man den einschlägigen Filmclips im Nachtprogramm glauben darf, gern mit allen möglichen Flüssigkeiten überschütten, sind die meisten Frauen nur zwischen den Beinen gern feucht. Ansonsten mögen wir Schwitzen gar nicht – es sei denn, der wüstenheiße Wind weht durch die weißen Vorhänge auf unsere Bettstatt, wo sich gerade der blutjunge Antonio Banderas mit glühendem Blick das Wams aufschnürt.

Und dass ich keine überfrachteten Aphrodisiaka wie gegrillte Büffelhoden, sautiertes Affenhirn oder frittierten Walpenis essen möchte, ist ja klar. Ansonsten gilt bei der Auswahl: Less is more. Hülsenfrüchte, Kohlsorten oder Rohkost gilt es zu vermeiden, denn das bläht, und wenn auch Muschiwinde beim Stellungswechsel völlig in Ordnung und geruchsfrei sind, Pupsen ist es nicht. Auch mit Kohlenhydraten und Fett sollte man eher sparsam umgehen, zum einen, um ein todlangweiliges Tussigespräch über gesunde Ernährung zu vermeiden, und zum anderen, weil man ja schließlich noch aktiv werden will, hinterher.

Das Essen sollte also möglichst leicht sein – aber nicht das Dessert.

Frauen, die Süßes mögen, lieben Männer, die es zubereiten können und es auch ohne dummen Spruch –

»Das trainieren wir ja gleich wieder in der chinesischen Pandawippe ab« – servieren. Ein aufwendiger Nachtisch sagt uns: »Du bist es wert, dass man für dich stundenlang Sahne schlägt, Schokolade im Wasserbad schmilzt und Oma anruft, um zu fragen, wie man Hippen backt und was zum Henker das eigentlich ist. Für dich schütte ich meinen besten Cognac in die Pralinenmischung, ich latsche über den Ökomarkt, nur um das köstlichste Marzipan der Stadt zum tagesaktuellen Goldpreis zu ergattern, und ich wische gern die Küche, in der alles tropft und klebt, wenn es nur ein beseeltes Lächeln auf dein Gesicht zaubert.«

Ich stand mal bei einem Brunchbüffet vor einem grottenhässlichen Koch, der aussah wie eine riesige Nacktschnecke. Er hatte solche Glubschaugen, dass sie in meiner Erinnerung auf Fühlern aus seiner Stirn herauswuchsen. Es hätte mich nicht gewundert, wenn er eins nach vorn und das andere nach hinten hätte drehen können und nach getaner Arbeit wieder mit einem schleimigen Schmatzen in den Gulli geglitten wäre. Aber als er sagte: »Unter den kleinen Pyramiden aus dreierlei Mousse au Chocolat befindet sich ein Krokantboden, und in den Profiteroles befindet sich halb gefrorenes Nougat«, bekam sogar Bad Boy Snail einen erotischen Anstrich. Übrigens, das fällt mir jetzt ganz nebenher beim Thema Zuckerschock ein: Es sagt viel über einen Mann und seine Tauglichkeit als Hüter von Heim und Höschen aus, wie er mit dem kleinen Keks umgeht, den man in Cafés zum Cappuccino bekommt. Bei den ersten Dates zeigt uns ein Mann, der genüsslich sein Plätzchen verzehrt, dass er ein sinnlicher Genussmensch ist, fünfe grade sein lässt und sich souverän genug fühlt, um zu seinen kleinen Schwächen zu stehen. Aber sobald man sich nähergekommen ist, reicht ein wahrer Kavalier den Kaffeekeks an seine Begleitung weiter. Kleine Geste – sehr sympathisch.

Einen Kaffee gibt es natürlich auch nach dem perfekten Dinner, das ja schließlich heiß und sündig weitergehen soll. Und wenn alles gut gelaufen ist und der Gastgeber sich nicht nur als Held der Pfannenwender, sondern auch als Pfläumchenverkoster, Stängelartist und Körpersaftbereiter bewährt hat und er zur Krönung sogar noch alleine abspült, dann trinkt man den Kaffee danach am liebsten im Bett beim gemeinsamen Frühstück.

Maria, Magdalena und Sperma-Nadja

Neulich hatte ich ein Interview mit der Redakteurin einer Zeitschrift für junge Eltern, die wissen wollte, was man ihrer frisch fortgepflanzten Leserschaft raten könnte, um das Liebesleben wieder anzufachen. Auf der einen Seite fand ich das Anliegen merkwürdig, denn wer ein Kind zustande gebracht hat, hatte ja offensichtlich schon einmal Sex und weiß demzufolge auch, wie es geht. Auf der anderen Seite kann ich mir gut vorstellen, dass es nicht wirklich scharfmacht, von Babyspucke besabbert schlaftrunken durch Räume voller Windeln, Milchpumpen und Bob-der-Baumeister-Plüschfiguren zu schlappen, im Ohr geschätzte 30 000 Dezibel und die x-te Wiederholung vom Biene-Maja-Song. Und wer schon mal mit nackten Füßen in ein Playmobil-Männchen getreten ist, der weiß, wie wenig das erotisiert. Die Redakteurin machte mich darauf aufmerksam, dass es in meinen Geschichten zwar Menschen jeder Hautfarbe, jeden Alters und fast jeder sexuellen Gesinnung gibt, aber keine Schwangeren oder Mütter.

Da hat sie recht. Das war mir gar nicht so bewusst. Merkwürdig eigentlich, denn Schwangere scheinen ja durchaus einen starken erotischen Reiz auszuüben, sieht man sich mal diverse Pornofilmproduktionen dieser Richtung an. Und auch im Kinoklassiker *Der bewegte Mann* spielte Katja Riemann eine rattenscharfe, dauergeile Schwangere, bei der die Hormone tobten. Pralle Brüste, schwerer Bauch, seliges Lächeln, das turnt Männer wie Mammis offensichtlich an.

Was mich aber überhaupt nicht anmacht und wo ich immer wieder fassungslos davorstehe, ist der moralische Gesinnungswandel bei jungen Müttern – und ich spreche jetzt von den Müttern, weil es eben meistens Freundinnen sind, mit denen ich über Sex, Muschi-Styling oder Kopfpornos rede und nicht deren Männer. Dass man nach einer Geburt und bei der Aufzucht der Brut anderes im Kopf hat, als sich über die neuesten Tangakollektionen, Klitorisvibratoren oder Swingerklubs zu unterhalten, sehe ich total ein. Und dass die körperliche Veränderung nicht einfach so ignoriert werden kann, kein Thema.

Aber woher kommt diese madonnenhafte Prüderie, die plötzlich auch die heißesten Feger überfällt? Nicht dass meine Freundinnen keinen Sex mehr mit ihren Männern hätten, das haben sie durchaus, aber man »schläft« jetzt miteinander, »gefickt« wird nicht mehr.

Ich hatte eine, Nadja, die dafür berühmt war, es richtig krachen zu lassen. Zu ihrem Repertoire gehörten

Discobesuche ohne Unterwäsche (»Ist praktisch, geht schneller beim Sponti-Bums an der Klotür«), Gruppensexpartys während des Studiums (»Wir ficken durch bis morgen früh«), Masturbationsfotos im Internet und zwei- oder dreimal auch horizontale Nebenverdienste. Weil es in unserer Clique zwei Nadjas gab, teilten wir sie ein in »Volleyball-Nadja« und »Sperma-Nadja«. Meine hatte mit Sport nichts am Hut, brachte aber nach drei Prosecco jede Party in Schwung mit einem ausführlichen Exkurs über die herrlich schleimige Textur vom Ejakulat, mit dem man nicht nur Akne behandeln könne, sondern das sich auch hervorragend als Massagegel eigne. »Frisch gebuttert, besser gebumst« war irgendwann ein Kalauer, der sich in der Clique selbstständig machte.

Kaum hatte sie ihr erstes Kind, mussten wir S-e-x vor dem Säugling buchstabieren. Sämtliche Pornos und Bücher wurden nicht nur eingeschlossen, sondern weggeschmissen, und als ein Freund fragte: »Habt ihr eure neue Couch schon eingeritten?«, wandte sie sich plötzlich schamesrot ab und empörte sich über ein derart intimes Verhör. Einen Besuch bei den Chippendales zum Geburtstag lehnte sie entrüstet ab, und irgendwann sagte sie zu mir: »Mach doch mal einen Blusenknopf mehr zu, du erkältest dich noch.«

Wie kommt das? Ist das hormonell bedingt? Strahlt der keusche Heiligenschein aus dem Hinterkopf, sobald die Nabelschnur durchtrennt ist? Wird da irgendein

Botenstoff ausgeschüttet, der aus einer hurigen Magdalena plötzlich eine jungfräuliche Maria macht?

Während diese verprüdeten jungen Mütter auf der einen Seite plötzlich alles verteufeln und verdammen, was mit Lust zu tun hat, werden sie auf der anderen Seite komplett enthemmt bei körperlichen Intimitäten, die außerhalb des Kreißsaals eigentlich niemand so genau wissen will. Ich stand mal an einer Supermarktkasse in Kreuzberg und durfte zuhören, wie sich vor mir zwei tief verschleierte junge Türkinnen in Zimmerlautstärke über ihre Dammschnitte unterhielten. Und als eine Bekannte bei einem Essen mit Freunden ihre Brust auspackte, um zu demonstrieren, wie weit Muttermilch spritzen kann, da war der Abend gelaufen.

All das erzählte ich der Redakteurin nicht und versprach ihr nur, über das Liebesleben von Schwangeren und Müttern einmal ausführlicher nachzudenken. Einige Tage, nachdem das Interview erschienen war, schickte mir eine Leserin eine gut gelaunte E-Mail, dass sie eine scharfe junge Mutter mit einem erfüllten Sexleben sei und gerne zu Recherchezwecken zur Verfügung stünde.

Das gibt mir doch Hoffnung.

Bei dem Gespräch mit der *Eltern*-Redakteurin gab es übrigens einen Wortwechsel, den ich – obwohl er nur bedingt zum Thema dieser Kolumne passt – niemandem vorenthalten möchte. Vorhang auf:

Sie: »Welche Praktik beschreiben Sie am liebsten?«

Ich: »Cunnilingus, da ist man so schön nah dran.«

Sie: »Was?«

Ich: »Nah dran.«

Sie: »Nein, vorher.«

Ich: »Cunnilingus, also französischer Sex.«

Sie: »Ah! Blasen!«

Ich: »Nein. Lecken. Bei Frauen.«

Sie (mit rotem Gesicht): »O Gott.«

Fremde Welten

Sex ist ja eine der Sachen, die immer spannender werden, je mehr man sich damit beschäftigt. Als passionierte Sexpertin hat man nie ausgelernt, denn da draußen gibt es galaktische Weiten, unbekannte Zivilisationen und Welten, die noch nie zuvor ein Mensch gesehen hat. Manches ist heiß, vieles ist lustig, einiges taugt immerhin als Anekdote auf Partys, und anderes ist nur bizarr oder abstoßend. Ich lerne immer wieder: Es gibt nichts, was es nicht gibt.

Eine Bekannte, von der ich so ein Detailwissen gar nicht erwartet hätte, bereicherte zum Beispiel neulich meinen Wortschatz mit »Klabusterbeere«, was, so erklärte sie mir, Dreckkügelchen meint, die sich in einer haarigen Männerporitze bilden – ein Phänomen, das mir bisher, Göttin sei Dank, noch nie leibhaftig begegnet ist. (Ich möchte an dieser Stelle auf die Haarentfernungsmethode des »sugarns« aufmerksam machen, die vor allem für solche Stellen, die meistens im Finstern liegen, bestens geeignet ist, weil die Haare mithilfe einer Zucker-Zitronen-Paste komplett mit der Wurzel ausgerissen werden und weich nachwachsen, weswegen es keine Pickel gibt und auch nicht so höllisch juckt. Wer sich also von seiner Partnerin einen Anilingus wünscht, für den ist ein Termin bei einer freundlichen und sachkundigen Depiladora das Mindeste.) Und um meine Wissenslücke komplett zu schließen, brachte mir eben diese scheue, meist Rollkragenpullis tragende Bekannte auch noch folgenden altdeutschen Trinkspruch bei: »Wer einer Jungfrau düstre Grotte mit einem Samenguss erquickt, wer eine ganze Hurenrotte mit steifem Schwanz im Stehen fickt, wer fickt, bis ihm die Ohren rasseln, im Arsche die Klabusterbeeren prasseln und dann noch nach Befriedigung laut schreit, dem sei mein erstes Glas geweiht!« Nicht sagen konnte sie mir allerdings, zu welchem Anlass und in welcher Runde es angemessen wäre, mit diesen Worten sein Glas zu erheben.

Aber nicht nur Männer haben untenrum Zustände, die man gar nicht so genau wissen möchte, wir Frauen sind ja auch nicht ohne. Manche von uns benutzen zum Beispiel, und das habe ich von einer eher ökologisch angehauchten Kollegin, die auch schon mal gern durch die Anden wandert, eine Mondtasse. Das kann man sich vorstellen wie eine Art Sektflöte aus weichem Kautschuk, die man sich während der Periode anstelle eines Tampons in die Muschi schiebt, um das Blut darin aufzufangen. »Alle paar Stunden rausnehmen, auskippen, durchspülen, fertig. Irre umweltschonend«, erklärte sie mir begeistert. Ich persönlich möchte nicht, dass sich sektflötenartige Trichter an meinem Muttermund festsaugen. Ich möchte überhaupt nicht, dass sich da irgendwas festsaugt.

Und wenn ich auch ein großer Fan von Intimität und Offenheit in einer Beziehung bin, so sollte man doch bestimmte Dinge nicht vor dem Partner tun, wenn man sich weiterhin miteinander amüsieren möchte. Monatshygiene gehört dazu (auch wenn Philip Roth, einer der besten und versautesten Schriftsteller, der ganz wunderbar originelle und rasend komische Onanierszenen geschrieben hat, in seinem Buch *Das sterbende Tier* eine sehr beeindruckende Menstruationsblutszene untergebracht hat), der Gebrauch von Zahnseide auch (denn wer möchte schon miterleben, wie Essensreste, von der Zahnseide hervorgeschleudert, gegen den Badezimmerspiegel klatschen?), überhaupt eigentlich jede Form von Hygiene, bei der Körperinneres nach außen befördert wird.

Sehr viel Spaß hatte ich wiederum bei der Recherche des »Adlers«. In einem aus dem Amerikanischen übersetzten Buch hatte ich gelesen, dass jemand »den Adler mache«, ohne dass ich mir darunter etwas vorstellen konnte. Ich fragte also in der Sexredaktion einer großen Frauenzeitschrift nach, die mir zwar auch nicht weiterhelfen konnte, aber ihrerseits neugierig wurde und sich beim amerikanischen Mutterhaus umhörte.

Die wussten Bescheid. »To make the eagle« ist demnach eine Position, bei der eine Frau vor einem Mann kniet und ihm einen bläst, während sie gleichzeitig mit beiden Händen je einen weiteren Mann wichst. Die Auf- und Abbewegung von Armen und Kopf soll dann an einen fliegenden Adler erinnern. (Oder an eine erstickende Pute, das kommt darauf an. Bio-Frauen aus Freilandhaltung, sag ich nur.)

Auf der letzten »Venus«-Messe überraschte mich ein Verkäufer, der lebensechte und originalgroße Silikon-Sexdolls nach Körperscans anbot. Wenn man also gern seine Freundin, die Lieblingshure oder seinen Schäferhund nachgebildet haben möchte, lässt man den Körper seiner Wahl da einscannen und abgießen. Und der Schäferhund ist jetzt keine irre abwegige Idee, denn im Katalog gibt es bereits eine Satyrfigur, die den Oberkörper eines deutschen Pornostarletts und den Unterkörper eines Pferdes hat. Dass diese Puppen mit drei Körperöffnungen, Körperheizung, Atemfunktion und – besonders gruselig – Herzschlag geliefert werden können, macht die Monströsität dann auch nicht mehr fett.

Das ist, glaube ich, auch kein Anblick, den man bei seinem Partner erleben möchte: wie er hoch erregt ein halbes Pferd bespringt und dabei die Klabusterbeere besingt.

Pussy-puscheln für den Weltfrieden

Manchmal bin ich auf Männer neidisch.

Nicht weil sie im Stehen pinkeln können. Liebe Jungs, das können wir breitbeinig, als wollten wir ein Nilpferd reiten, auch, und es ist lebenswichtig an versifften Autobahnraststätten, nur sehen wir uns dabei nicht an der Rinne gegenseitig auf die Muschi und vergleichen die Reichweite unseres Mittelstrahls. Was mich neidisch macht, ist, dass Männer ihre Grundausstattung so selbstverständlich und ohne theoretischen Ballast quasi aus dem Handgelenk benutzen. Sie wichsen zum Beispiel einfach, ohne groß darüber nachzudenken. Sie brauchen es, sie wollen es, sie tun es. So kurz kann der Weg zum Glück sein. Alle Männer onanieren. Und zu Recht. Frauen, die das anders sehen, haben etwas grundlegend missverstanden, denn an wem das Spielzeug festgewachsen ist, der darf damit daddeln.

Aber auch Frauen haben einen Freizeitpark im Schritt, und eine Muschi ist eine Diva, sie will ständig gelobpreist und gewürdigt werden. Deshalb masturbieren

Frauen ebenfalls. Und zwar alle. Egal, was sie euch erzählen. Und wenn ihr wüsstet, was wir so mit unserer Muschi tun, dann wüsstet ihr auch, was wir wollen, das ihr tut.

Wenn ich die Statistik eines großen Lümmeltüten-Herstellers lese, nach der sich angeblich nur vierundsiebzig Prozent aller Frauen selbst befriedigen, dann frage ich mich: Wer sollen denn die restlichen sechsundzwanzig Prozent sein? So viele Patientinnen, die in der eisernen Lunge liegen, die nach schweren Unfällen amputiert werden mussten oder ihre Muschi im Alzheimernebel vergessen haben, gibt es doch gar nicht. Was also machen die? Sich geißeln, auf Knien nach Lourdes rutschen oder exzessiv Sport treiben?

Wir tun es beim Sex mit euch, weil Fingern beim Gestoßenwerden einfach so schön ist. Wenn der Sex zu kurz oder nicht wirklich heiß war, tun wir es hinterher, während ihr duscht. Wir tun es mit Dildos und Kitzlervibratoren, galaktisch anmutenden Spielzeugen oder mit diversen Lebensmitteln wie Möhren oder Gurken. Wir tun es kurz und ruppig zum Stressabbau oder rituell bei Kerzenschein, aber: Öffentlich akzeptiert, also quasi selbstverständlich ist das nicht.

Bei wichsenden Männern sind die Zeiten von drohender Höllenverdammnis, Blindheit oder Rückenmarksschwund zum Glück vorbei, doch für Frauen soll Masturbation immer noch ein politischer Selbstbefreiungsakt oder ein großes mystisches Geheimnis sein, zu dessen Ehren man eigentlich ein Lamm schlachten oder erst mal eine Doktorarbeit schreiben müsste.

Mit meinen Freundinnen spreche ich zwar detailliert sowohl über sämtliche Vorkommnisse, die die Gynäkologin in unserem Inneren entdeckt hat, als auch über die Dinge, die wir mit unseren Männern anstellen. Und ein sehr beliebtes Thema ist auch die allmonatliche Mumuküre (das ist die Intim-Enthaarung passend zur Pedi- und Maniküre). Aber nie sagt eine: »Du, ich muss jetzt auflegen, ich bin rattig, und wenn ich mir nicht gleich einen runterhole, kocht mir die Fotze über.« Runterholen sagt man unter Frauen übrigens nicht (und schon gar nichts von geil überschäumenden Geschlechtsorganen). »Verwöhnen« heißt es da höchstens oder »sich befriedigen«, also eher Formulierungen, die diddlemauskompatibel sind.

Auch die Masturbationsszenen in Filmen sind rar. Selbst im Porno sieht man fummelnde Frauen kaum, nur diese surrealen Szenen, in denen blondierte »Bitches« mit langen bunten Krallen an ihrer Muschi herumrubbeln, als wollten sie einen Kaugummifleck vom Glasfenster entfernen, da fehlt bloß noch das typische Quietschgeräusch. In normalen Spielfilmen gibt es masturbierende Frauen schon mal gar nicht. Dabei liegt das doch nahe: Die schicke Karrierefrau steht morgens unter der Dusche, im Hintergrund plärren die Kinder, und der Mann nölt, sie seufzt, schaltet das

Duschradio an und wichst sich erst mal wach, bevor sie dann in ihrem Konzern gut gelaunt und ausgeglichen Millionen bewegt. Denn so ist es: Orgasmen machen Frauen friedlich, fröhlich und – anders als bei Männern – hellwach. Eine gepflegte Pussy-Puschelpause ist eine effektive und kalorienarme Variante zum Stress-Snack.

Aber so will man Frauen nicht sehen. Wenn Frauen einen Unterleib haben im TV, dann nur für die peinlichen Dinge. Frauen, das ist der Teil der Menscheit, der ständig irgendwie tropft. Es gibt unzählige Blasenschwäche-, Tampon- und Slipeinlagen-Spots, und an dieser Stelle muss ich mal sagen: Jungs, so schlimm ist es nicht, auch als Frau braucht man sich nicht andauernd trockenzulegen.

Ich bin gern eine Frau, ich habe lieber Haare auf dem Kopf als auf dem Rücken, nur ab und zu wäre ich lieber ein Mann. Ich hätte zum Beispiel gern mal einen Ständer, einfach damit ich mir beim Wichsen zusehen und mir die Akrobatiknummer mit dem Handspiegel schenken kann, bei der man wie ein umgedrehtes Gürteltier auf dem Rücken liegt.

Ich finde die Selbstverständlichkeit männlicher Sexualität einfach gut. Wenn sie sich Entspannung und einen Lustschub wünschen, dann nehmen sie die Sache sofort selbst in die Hand. Und wir Frauen? Wir denken darüber nach. Belegen Seminare. Gehen zum Yoga. Nehmen erst mal zwei Pfund ab. Lesen ein Ratgeberbuch. Dabei wäre das Glück so leicht zu haben, zumindest für die nächsten vier Minuten. Also, Mädels: Hirn ausschalten, Hand anlegen, und schon sind wir dem Weltfrieden ein kleines Stückchen näher.

Alles gar nicht wahr

Es gibt Dinge, die halten sich länger als der süßliche Verwesungsgeruch, wenn man ein benutztes Kondom im Badezimmereimer vergessen hat. Zum Beispiel gewisse Mythen über Sex, die herumschwirren wie Mücken in einer schwülen Sommernacht. Beide sind gierig nach Opfern und kaum auszurotten.

Da wäre etwa die Sage von der supergeilen 69. Unzählige Nachmittage habe ich fiebrig auf der »Liebe ist ...«-Bettwäsche in meinem Mädchenzimmer verbracht und ganz fest geglaubt, diese Spielart müsse der Gipfel der Genüsse sein. Aber als es dann endlich passierte, kam ich mir vor, als läge ich unter einem Sandsack begraben. Frauen sind ja angeblich multitaskingfähig, aber ich finde es kaum möglich, mich auf die Zuckungen meiner Klitoris zu konzentrieren, während ich am anderen Ende kaum Luft bekomme und versuche, dem Mann nicht in die Eichel zu beißen. Und wenn er jedes Mal mit Lecken aufhört, sobald ihn die Lust packt, ist das nicht gerade orgasmusfördernd. Zugleich sieht das Ganze noch aus wie Wrestling. Und je nach haariger Schenkelschere des Partners fühlt es sich auch so an.

Ebenfalls ein Flop war der viel besungene Sex im Freien. Dabei rede ich jetzt nicht von dem gepflegten Whirlpool eines verlassenen Wellnessbereichs. Aber richtig im Freien, wo es Tiere gibt, die krabbeln, und solche, die beißen, andere, die nur glotzen, und wieder andere, die ungeniert in nächster Nähe ihren Darm entleeren, das ist etwas ganz anderes. Im Wald sagen sich eben leider nicht nur Fuchs und Hase gute Nacht, sondern auch Spanner und Kettensägen-Fans. Und auch die Ameisenkolonie, die sich mit fiesen kleinen Beißwerkzeugen daranmacht, meinen Hintern zu erobern und in neue Galaxien vorzudringen, wo noch nie zuvor eine Ameise gewesen ist, erotisiert mich nicht wirklich. Und am Strand? Sand, Sand, Sand. Wer immer schon mal seine Muschi kärchern lassen wollte, liegt da genau richtig.

Auch Sex zu Hause ist nicht immer ein Wunschkonzert. Egal, wer bisher an meiner Tür klingelte, ob Handwerker, Pizzabote oder Zeuge Jehovas, es war noch nie etwas annähernd Fickbares darunter. Dabei sieht diese Szene in meiner Fantasie immer so heiß aus: Ein gut gebauter, frisch gewaschener Mann tritt ein, erkennt mit einem Blick, wo es in der Waschmaschine und in meiner Libido hakt, reißt sich den Blaumann vom gestählten Körper und fickt mich im Rhythmus des Schleudergangs.

Leider ist das die Realität: Ein etwa einszwanzig großer, nach Zigaretten und Kanalisation müffelnder Meister Pümpel, der eine Frisur hat wie das, was ich regelmäßig aus meinem Abflussrohr klaube, und ein Gesicht
wie ein Gürteltier, stapft mit lehmigen Latschen ins
Badezimmer, feixt angesichts der Tamponschachtel
auf dem Waschbecken und tritt der Katze auf den
Schwanz. Beim nächsten Masturbieren versuche ich
mit aller Macht, an Tony Leung zu denken, aber immer,
wenn es mir gerade kommt, schiebt sich ein grinsendes
Gürteltier dazwischen und versucht mich mit der Klo-
bürste zu begatten.

Doch der allerunsinnigste Mythos, bei dem ich nie
verstehen werde, warum sich ausgerechnet Männer so
dafür interessieren, ist das berühmte erste Mal.

Jungfernschaft ist nur nervtötend. Eine Freundin
von mir hat sich damals mit einer Möhre selbst ent-
jungfert, was ich eine gute Idee fand, auf die ich leider
nicht gekommen bin, und die sich dann auch als nur
halb genial herausstellte, da ihr erster Mann nach der
Gemüsenummer doch etwas besser bestückt war und
sie ihm den Futon vollgeblutet hat. Sie war daraufhin
so perplex, dass sie immer nur »Aber ich hab's doch
schon mit 'ner Möhre getan« stammelte, was wahrscheinlich wiederum ihn traumatisiert hat. Dummer-
weise dachte ich nicht daran, meine Gynäkologin um
den Gefallen zu bitten, mir dieses blöde Jungfernhäutchen zu entfernen, das außer ein paar gestörten Feti-

87

schisten, die sogar möchten, dass sich Frauen Kaffee-filter in die Muschi stecken, damit sie sie wieder und wieder und wieder deflorieren können, kein Mensch braucht. (Nebenbei wissen wir jetzt auch, warum sowohl diese Frau Sommer aus der Jacobs-Werbung als auch der grenzdebile Melitta-Mann immer so verstrahlt gelächelt haben.) Ein Jungfernhäutchen ist so nützlich wie eine dritte Titte am Rücken, und ich lobe den Tag, an dem ich es endlich los wurde. Bei der Gelegenheit grüße ich Frank W. aus H., ich hoffe, inzwischen weißt du, dass sich eine reale Möse beim Ficken doch ziemlich unterscheidet von den Hähnchenbrustfilets aus dem Supermarkt, mit denen du geübt hast.

Man lernt in Sachen Sex dazu im Laufe der Zeit, sollte man meinen, was aber wieder nur ein Märchen ist. Tut man nämlich nicht. Ich zumindest nicht. Weil ich immer neugierig werde, wenn mir irgendjemand glaubhaft scharfen Sex verspricht, zum Beispiel mit der These »Kubaner sind die besten Liebhaber der Welt«. (Unter kubanischen Machos gilt angeblich der Grundsatz, dass nur derjenige ein wahrer Hengst ist, der die Frau auch wirklich befriedigt.) Könnte ja sein. Also lerne ich schon mal vorsorglich ein bisschen Spanisch, zum Beispiel »el garañón«, was so viel wie Hengst heißt. (Gürteltier heißt übrigens »el armadillo«). Loben soll bei Männern ja immer viel bringen. Oder ist das auch bloß ein Mythos?

Was will das Weib?

Der heilige Gral, das Gold des Pharao oder der verlorene Schatz, hinter dem Indiana Jones in seinem Dschungelcamp-Outfit herjagte, sind alles nur Peanuts gegen das große Geheimnis, das Männer seit der Steinzeit zu ergründen versuchen: Was will das Weib? Und wie krieg ich es rum?

Womit kommt man an beim schwachen Geschlecht, das seit drei Generationen plötzlich das starke ist, das keine richtigen Kerle mehr will, aber echte Männer sucht?

Klar, man kann sich zur Beantwortung der Frage in ein Kloster zurückziehen und nur noch Reisschleim löffeln, man kann sich in transzendentalen Schmerzritualen von einer Domina die Klöten quetschen lassen, man kann Wüsten durchwandern, Hildegard von Bingen lesen oder nachts diese bizarre Fernsehsendung sehen, in der drei schlecht gelaunte Intellektuelle um ein künstliches Kaminfeuer herumsitzen und die Länge ihrer Fremdwörter vergleichen wie kleine Jungs ihre Schniepel.

Viel einfacher wäre es allerdings, man fragte einfach mal eine Frau. Bevorzugt die eigene.

Allerdings wird die Antwort Männern wahrscheinlich nicht gefallen.

Frauen ist es schnurz, welcher Verein wann den Pokal geholt hat, wer bei grüner Ampel als Erster anfährt oder wie schwungvoll auf dem Grill die Koteletts gewendet werden. Wir wollen Männer, die gerne singen und gut tanzen. Oder gut singen und gerne tanzen. Wir wollen Männer, denen es ein Bedürfnis ist, sich die Nasenhaare zu schneiden, und die uns einen Muffin auf den Schreibtisch stellen, wenn wir seit Stunden über der Steuererklärung brüten.

Was wir Frauen wollen, sind Männer, die uns nicht nur zum Ficken brauchen, sondern die sich wirklich für uns interessieren – und die, wenn sie uns dann ficken, sich auch fürs Ficken so richtig interessieren und nicht das Sexprogramm abspulen, als würden sie nebenher mit einem Auge die Noppen in der Raufasertapete zählen.

Keine Frau hat etwas gegen heißen, romantischen und ekstatischen Sex, das wäre ja so, als würde man sagen: »Lottogewinn, och nö, heute amüsier ich mich lieber mit Hartz IV.« Es gibt allerdings eine ganze Reihe von Dingen, auf die wir im Bett gern verzichten.

Zum Beispiel auf Männer, die per Schnüffelprobe entscheiden, ob sie oder ihre Socken in die Wäsche müssen. Frauen und Männer haben geruchstechnisch unterschiedliche Schmerzgrenzen. Was bei ihm »männlich markant« heißt, ist bei ihr »verstorbene Ratte unterm Dielenbrett«.

Wiederum zu ambitioniert sind Männer, die beim Ficken minütlich die Stellung wechseln wie im Yogakurs. Aus der 69 in die Missionarsstellung, rüber in den Doggystyle, aufstehen zur Schubkarre, ein kurzes Intermezzo als Löffelchen und das Finale dann in der Reiterstellung – das ist Stress! Ich vögle, um Spaß zu haben, und nicht, um mich mit der Nummer beim Cirque du Soleil zu bewerben.

Und so lieb es auch gemeint sein mag: bitte keine Duftkerzen, die einem die Tränen in die Augen treiben. Und auch keine Schmusemusik. Im Bett stört alles, was mehr Aufmerksamkeit fordert als das leise und liebliche Geräusch, wenn die Hoden beim A-tergo-Vögeln gegen die Oberschenkel klatschen und es in der Möse schmatzt. Das ist die Musik zum Sex. Kein Bolero, keine Schnulzen, keine balzenden Wiedehopfe vom Band. Nur Ficksounds.

Und wo wir gerade bei Geräuschen sind: Unterdrückt sie oder gewöhnt sie euch ab. Bitte murmelt nicht leise »Das krieg ich hin, das krieg ich hin.« Vor sich hin salbadernde Leute machen mich schon in der U-Bahn hochgradig nervös. Man weiß nie, ob die alle ihre Tabletten genommen haben oder ob sie einen nicht im nächsten Moment anspringen und in die Wade beißen.

Dabei liebe ich ja Männer, die im Bett den Mund aufbekommen, und zwar nicht nur, um meine Klitoris zu lecken, sondern auch zum Reden. Männer, die Dirty Talk beherrschen und schätzen, haben bei mir gleich ein Stein im Brett – und schneller als andere ihren Schwanz da, wo sie ihn haben wollen. Aber die Babysprache-Variante, die geht nun wieder gar nicht. Magste Pimperli machen, du Mösimaus? Nein, Mösimaus möchte ficken mit einem erwachsenen Mann, der mehr als zwei Gehirnzellen hat und in ganzen Sätzen spricht.

In die Kategorie »Wer ficken will, muss freundlich sein« gehört auch das Vermeiden von verunsicherndem Verhalten. Wer wenige Augenblicke zuvor noch auf Schwangerschaftsstreifen getippt und gefragt hat, ob das eigentlich normal ist, der kriegt es garantiert nicht mit einer Vöglerin zu tun, die sich die Beine hinter dem Kopf verknotet oder sich hingebungsvoll der Fellatio und Prostata-Massage widmet. Und wer vor dem Cunnilingus nicht begeistert guckt, ist selbst schuld, wenn die Möse vor ihm eher Trockenobst als feuchtes Fickpfläumchen ist.

Und bitte, liebe Männer, denkt daran, dass wir Frauen multitaskingfähig sind – und das kann auch ein Fluch sein. Leider können wir im Gegensatz zu euch nicht entscheiden, ob wir unser Denk- oder unser Fickzentrum durchbluten wollen. Wenn ihr beim Sex irgendwas erwähnt, worüber wir nachdenken müssen (zum Beispiel: »Wir sollten nachher unbedingt bei Paul anrufen.« Oder: »Wo ist eigentlich der dritte Haustür-schlüssel?«), dann können wir unseren Orgasmus vergessen.

Und das ist nun wirklich die entschiedene Antwort auf die Frage, was das Weib will: Orgasmen!

Viele.

Mehr.

Noch mehr.

Blind Date mit Recall

Ein erstes Date und vor allem ein Blind Date ist wie ein Bewerbungsgespräch um einen Job, von dem man noch gar nicht weiß, ob man ihn überhaupt haben möchte.

Frauen veranstalten vorher trotzdem einen Zirkus, als hätte die Ankunft des Heilands auf ihrem Frühstückstoast gestanden. Da wird enthaart, gepeelt, gecremt, gefeilt und lackiert, neue Spitzenwäsche gekauft und ein Artikel über die politische Situation in Namibia gelesen. Dass der Mann sich dafür interessiert, wissen wir, weil wir ihn natürlich vorher gegoogelt haben. Schließlich möchte man ja wissen, ob der Kandidat einen an der Klatsche hat. Finde ich eine Homepage, auf der er sich als Fan des Zwergenwerfens outet, oder gibt es eine Fotoserie, die ihn mit einem Cocktailschirmchen im nackten Hintern zeigt, dann sitzt er abends ohne mich im Lokal.

Wir Frauen sind also generalstabsmäßig vorbereitet auf ein Date.

Männer leider oft nicht.

Und das fängt schon beim Outfit an. Um es ganz direkt zu sagen: Pullunder sind keine Kleidungsstücke für jemanden, der in seinem Leben noch einmal Sex haben möchte, Pullunder sind Verhütungsmittel aus Schurwolle. Gleiches gilt für alles, was gelb ist oder kleine lustige Muster hat.

Viel mehr als die Kleidung interessiert uns Frauen aber der Körper, der drinsteckt. Dabei achten wir besonders auf die Hände, und natürlich gehören die Fingernägel nicht nur gesäubert, sondern auch gefeilt und poliert. Keine Frau will rissige dreckige Nägel in der Nähe ihrer zarten Muschihaut haben. Wir wollen gefickt werden und nicht gehobelt, also cremt bitte alles an euch ein, was rau wie ein Reibeisen ist.

Solche Sachen denken wir, während wir euch im Restaurant mustern. Wir schätzen ab, ob ihr genug Muckis unterm Sakko habt, um uns hochzuheben und gegen die Wand gelehnt zu vögeln, oder ob es eine orthopädisch gemäßigte Nummer würde. Wir überlegen, während ihr den Suppenlöffel ableckt, ob eure Zunge die so sehr geschätzten schnellen Achten beherrscht (ich nenne es den Carrera-Züngler), oder ob sich der Cunnilingus anfühlen würde, als wollte ein altersschwacher Cockerspaniel ein letztes Mal Wasser aus dem Napf schlabbern. Wir zucken innerlich zusammen, wenn ihr eure Zähne gierig in die Spareribs schlagt, weil wir uns vorstellen, ihr könntet es mit unseren Brüsten ähnlich machen. Aber wenn ihr genießerisch den Schaum vom Cappuccino löffelt, uns über den Tassenrand tief in die Augen seht und uns dann auch noch euer Schokoladentäfelchen überlasst, dann schmelzen wir dahin wie Espuma. (Espuma ist übrigens ein kulinarisches Schäumchen und hat nichts mit den müffelnden Sportschuhen unter der Kellertreppe zu tun.)

Ein heikles Kapitel beim ersten Date sind Komplimente. Nötig sind sie. Aber eine fade, heruntergebetete Plattitüde ist so eine Art verbaler Keuschheitsgürtel. Bei manchen Männern wünscht man sich da eine spontane Kieferverdrahtung. Dabei wäre es eigentlich ganz einfach: Sucht euch niemals das allzu Offensichtliche aus. Lobt bei einer sehr attraktiven Frau eher etwas, das auf ihre Intelligenz oder ihren Geschmack abzielt, und bei einer eher intellektuellen Frau etwas Sinnliches. Perfekt wird ein Kompliment dann, wenn ihr euch selbst noch mit in den Spruch reinfummelt und wenn ihr der Frau die Möglichkeit gebt, darauf zu reagieren. Also, statt bei einem Date mit Rapunzel zu sagen: »Du hast echt lange Haare«, könnte man schwärmen: »Deine Stimme hat so einen ganz besonderen Klang, ich könnte dir stundenlang zuhören, singst du vielleicht?« Das geht natürlich nur, wenn sie nicht klingt wie eine rostige Moulinette.

Selbstverständlich dürft ihr an diesem Abend keine andere Frau auch nur ansehen, aber ebenso selbstverständlich seid ihr allen Frauen gegenüber ausgesucht höflich, selbst wenn euch die kleine Dicke am Eingang auf den Fuß getreten ist oder die Kellnerin den Wein vergessen hat. Es gibt eigentlich nur zwei Arten von Männern: Die arschigen behandeln diejenigen Frauen, die sie sich gern nackt in der heimischen Bettwäsche vorstellen, wie Prinzessinnen, und die anderen wie den Glitsch im Geschirrspülersieb. Die guten Jungs sind zu allen Frauen freundlich, ob die nun achtzig sind oder hässlich wie ein Frettchen oder das Kleingeld in der Toilette einsammeln.

Bleibt zum Schluss die Frage: Sex oder Gute-Nacht-Kuss. Von mir aus gern beides. Besondere Pluspunkte bekommt bei mir aber ein extrem guter, leidenschaftlicher Küsser, den an der Haustür so richtig die Gier packt und der seine Zunge mit meiner verknotet, als wären es nicht drei Grad minus und als stünde kein wichsender Hausmeister hinter der Tür. Ich finde ja, dass man jenseits des Teenageralters viel zu wenig herumknutscht, dabei ist es großartig, wenn der ganze Körper fiebrig wird und man sich aneinanderpresst und -schubbert. Ich liebe das, wenn ich die Erektion durch die Klamotten hindurchfühle und merke, wie meine Muschi feucht wird, nur weil gerade jemand sehr gekonnt an meiner Unterlippe knabbert oder seine Hand in meinen Mantel schiebt. So ein Vorstellungsdate, bei dem man dann wund geknutscht und besoffen vor Geilheit in die Wohnung taumelt, das ist eins, bei dem es womöglich eine Einladung zum Recall gibt.

Fetter Frosch

Wenn ein Laubfrosch ein bisschen mickriger geraten ist als seine Artgenossen, aber trotzdem eine scharfe, glitschige Laubfroschdame begatten möchte, versteckt er sich neben einem männlichen Prachtexemplar und wartet, bis ein Weibchen von dessen potentem Quaken angelockt wird, um es dem Froschhengst dann vor der grünen Nase wegzuschnappen. Er lügt das Weibchen an, das glaubt, der tolle Quakgesang käme von ihm, und er lügt das andere Männchen an, das wahrscheinlich denkt, der warzige Mickerling sei ein super Kumpel und höre ihn einfach gern singen.

Beim Anbaggern unter Menschen geht es im Grunde ganz ähnlich zu. Wer landen will, lügt. Paarungswillige Männer und Frauen treten meist im Duo auf: ein Body und ein Brain. Die rassige Blondine lockt die Jungs an, die unscheinbarere Freundin punktet dann mit Charme und Freizügigkeit. Der Checker lädt die Mädels ein, und sein schüchternes Satellitenmännchen (denn so heißt der Balz-Schmarotzer bei den Laubfröschen) übernimmt das Gespräch.

Flirten lebt von nichts anderem als gut vorgebrachten Lügen. Variante eins (die Lüge): Er steht an der Bar, verschlingt sie mit seinen Augen und sagt: »Zwischen uns ist was, ich fühl das, und deine Augen sind der Wahnsinn.« Dann schlägt er vor, leidenschaftlichen Sex bis zum Morgengrauen zu haben und all ihre geheimen Wünsche zu erfüllen. Variante zwei (die Wahrheit): Er ist im Laufe des Abends schon bei drei leidlich scharfen Frauen abgeblitzt. Jetzt hat er dicke Eier und überlegt, ob er sich mit Tequila abschießt oder zwei Attraktivitätsklassen darunter baggert, um wenigstens noch einen wegzustecken, damit er nachts nicht besoffen mit einem Gefrierbeutel voller Vaseline onanieren muss. Also lehnt er sich zu der Frau, die zufällig neben ihm sitzt, und sagt: »Hoffentlich sieht mich keiner meiner Kumpels, wenn ich dich abschleppe. Lass mich doch bitte drei Minuten rüber, dann kann ich besser pennen.« Das wird natürlich nix. Die ungeschminkte Realität ist einfach nicht schön.

Als Teenies spielten wir »Wahrheit oder Pflicht«, und das war schlimm. Entweder musste man zugeben, schon mal die eigenen Brüste auf der Haushaltswaage gewogen zu haben (470 Gramm links, 460 Gramm rechts), oder man musste sich vom pickligen Harald mit Zunge küssen lassen, was sich so anfühlte, als würde einem ein halb vermoderter Oktopus in den Mund gestopft. Beides konnte traumatische Langzeitfolgen haben. Glücklicherweise erschließt sich irgendwann der dritte Weg, die »kreative Realitätsinterpretation«, sprich Lügen.

Und das ist für ein lustvolles Miteinander nicht nur hilfreich, sondern geradezu notwendig, denn absolute Ehrlichkeit ist der Tod einer jeden (sexuellen) Beziehung. Keine Frau will auf die Frage: »Was denkst du gerade?« hören: »Och, wie geil Lena Meyer-Landrut nackt aussehen muss.« Wir sind nicht so blöd zu erwarten, dass ihr in einem solchen Moment tatsächlich an eure tiefe Leidenschaft für uns denkt. »Was denkst du gerade?« ist nur ein Code für »Beschäftige dich mit mir«. Wann immer euch nichts zu sagen einfällt, gibt es einen einfachen Trick: Ihr nehmt irgendeinen Gegenstand aus der Umgebung und verbindet ihn mit einer Frage. Beispiel: »Ist der Stoffhase oben auf dem Regal noch aus deiner Kindheit? Warst du glücklich als Kind?« Bei so viel Interesse schmelzen wir Frauen dahin.

Auch Klassikerfragen wie: »Findest du die Frau da erotisch?«, »Ist mein Hintern zu dick?«, oder auch »Denkst du beim Masturbieren an mich?«, müssen keinesfalls korrekt beantwortet werden.

TV-Serien, die sich mit der Erforschung von Mikroausdrücken befassen *(Lie to me)*, sind ja total in. An diesen kleinsten mimischen Regungen kann man angeblich erkennen, ob man gerade angelogen wird, zum

Beispiel wenn bei einem Lächeln die Krähenfüße um die Augen fehlen oder wenn es asymmetrisch ist, wenn das Gegenüber Blickkontakt vermeidet oder seine Körpersprache nicht passt. Rein statistisch sollen nur vierzig Prozent der Alltagsäußerungen wahr sein, durchschnittlich lügt man hundertfünfzig- bis zweihundertmal am Tag, und ich wette, meistens wenn es ums Anbandeln oder Sex geht. Anstatt Psychologie zu studieren und sich auf Mikroausdrücke zu spezialisieren, gibt es im Bett ein sicheres Mittel, um herauszufinden, was eine Frau will: hinfühlen, denn der Körper lügt meistens nicht. Bleibt eine Muschi trocken, ist es mit der Erregung meist nicht so wahnsinnig weit her. Lecken ist die Lösung für fast alles, es macht gleichzeitig feucht und geil. Zu Gleitgel kann man auch greifen, sofern es keine Gewohnheit wird und man trotzdem wahrnimmt, was die Muschi einem sagen will, nämlich: Noch nicht die Lanze, edler Ritter, sing er erst einige Balladen und töte einige Drachen. (Bei Gleitgel empfehle ich übrigens das von Ritex mit Aloe Vera, und zwar deshalb, weil man es in der Heuschnupfensaison auch sehr angenehm wegschnupfen kann, um die strapazierten Nasenschleimhäute zu pflegen.)

Generell schwachsinnig ist es aber, beim Orgasmus zu lügen. Der bildet die große Ausnahme! Denn entweder mag ich den Mann, dann soll er wissen, wie er mich zum Jodeln bringt, oder er ist mir egal, dann darf er ruhig merken, dass er es als Lover nicht geschafft hat.

Ein kaukasisches Sprichwort lautet: »Wer die Wahrheit sagt, sollte sein Pferd gesattelt lassen.« Oder anders formuliert: Wer die Prinzessin abschleppen will, sollte immer einen fetten Frosch dabeihaben. Das hat schon im Märchen ganz gut geklappt.

A bisserl g'schamig, bitt'schön

Diese Kolumne widme ich Bitter Moon Mandy, einem aufstrebenden Starlet am Pornohimmel, die ich auf einer Erotikmesse erlebte, wie sie sich als Vampirin verkleidet eine Art Pflock in die Möse schob – eine Nummer, die sie später leicht abgewandelt noch einmal vorführte, diesmal mit einer Banane und ein paar Zentimeter weiter pöterwärts, assistiert dabei von einem ruppigen Gorilla, der besser daheim im Nebel geblieben wäre. Ich könnte diese Kolumne auch Werner widmen. Den sah ich neulich in der nächtlichen Wiederholung einer Talkshow, wo er damit protzte, die getragenen Slips seiner Nachbarin aus dem gemeinsamen Wäschekeller zu klauen, um in sie hineinzuwichsen. Werners Bauch, der über einen spitzenbesetzten Tanga quoll und ihn später bei seiner Pole-Dance-Einlage an der Stange nur unwesentlich behinderte, war sicherlich eindrucksvoll, aber Bitter Moon Mandys feuchte Augen und ihr zu einer Grimasse verzogenes Hardcoregesicht – eine Mischung aus Vollrausch, Stromschlag und Presswehe – verfolgte mich bis in den Schlaf. Und das waren keine feuchten Träume.

Nun habe ich überhaupt nichts dagegen, wenn es jemand gut und geil findet, sich öffentlich von Obst penetrieren zu lassen, schließlich ist das safe und sichert Arbeitsplätze auf Plantagen und Bauernhöfen, aber die angehende Pornomaid sah in dem Moment so lachgasfröhlich aus, so vicodinlasziv, dass ich mir wünschte, sie hätte auf diese Darbietung, die ihr ganz offensichtlich selbst peinlich war, verzichtet (anders als Werner, der solche Fisimatenten schon längst hinter sich gelassen hatte und gar nichts mehr mitkriegte).

Das sind Momente, wo ich mir tatsächlich etwas mehr G'schamigkeit wünsche.

In meiner Kindheit flackerte noch das Höllenfeuer. Ich bin katholisch erzogen worden, und den Begriff der Sünde gab es bei aller Modernität zu Hause durchaus. Masturbation wurde zwar verschwiegen, war aber wohl irgendwie in Ordnung, vermute ich, denn es hat mich nie jemand dabei erwischt oder darauf angesprochen.

Sex vor der Ehe jedenfalls war definitiv nicht erwünscht. Als meine älteren Schwestern dann allerdings erwachsen und immer älter wurden, ohne dass irgendwo ein Schleier geweht hätte, sahen meine Eltern ein, dass das Modell so nicht funktionierte. Und bei mir galten diese Regeln ohnehin nicht, weil ich mich in der Pubertät viel mehr für Mädchen und ihre Muschis als für Jungs und deren Ausstattung interessierte und ich begeistert und zur sichtlichen Freude des schmierigen Hausmeisters im Flur mit meiner damaligen Freundin knutschte. Irgendwann tauchten Männer in meinem Leben auf, und meine Eltern vergaßen über ihrer Erleichterung sogar die abendlichen Deadlines zum Heimkommen. Trotzdem haben ihre sittenstrengen Grundsätze mich auch erwischt, und als ich schließlich meinen ersten Freund hatte, setzte ich ihm noch sehr detailliert auseinander, wieso ich jetzt noch nicht mit ihm vögeln würde, bevor ich es am Ende doch tat. Und da sich kein Schwefeldunst ums Bett erhob, beschloss ich, Schuldgefühle für unangebracht zu halten.

Eine Scham, von der ich mir wünschte, sie hätte Bitter Moon Mandy zu einer Bäckereifachverkäuferinnen-Ausbildung motiviert, ist aber etwas anderes als Schuldgefühl. Scham ist für mich wichtig – beim Ficken und beim Schreiben. Wenn ich an einer erotischen Szene sitze, ist meine eigene G'schamigkeit das wichtigste Handwerkszeug, denn da wird das diffuse Lustgefühl plötzlich ganz konkret. Diese messerscharfe Grenze zwischen peinlich und erregend ist genau der Grat, auf dem das Reden über Sex den meisten Spaß macht, weil sich auf diesen Grenzen besonders lustvoll herumreiten lässt. Ist man völlig enthemmt, wird es langweilig, so wie Nacktsein in der Sauna oder ein Ultraschall bei der Gynäkologin. Und macht man aus Klemmigkeit einen zu großen Bogen um diese magische Schallmauer, kommt man an den Kitzel nicht ran.

Scham gibt es ja in allen Kulturen, auch in den letzten archaischen, in denen Männer wie Frauen zwar nackig, wie die große Göttin sie schuf, durch den Dschungel tapern, es aber strengstens verboten ist, sich auf den Schniepel und die Mumu zu sehen. Begegnen sich ein Mann und eine Frau allein im Urwald, so berichtete es neulich die ehrwürdige *Süddeutsche Zeitung*, sprechen sie mit dem Rücken zueinandergedreht – ob sie sich dabei wenigstens dem Vergnügen des rheinischen Stippeföttchens hingeben oder ob dieser Brauch des Poporeibens angetrunkenen Karnevalisten vorbehalten ist, ging aus dem Artikel leider nicht hervor.

Ich wünschte also, die besonders Schamlosen würden zu ihren Wurzeln zurückkehren und mir die Zurschaustellung ihres Elends ersparen: Der Gorilla gehe bitte heim in die Herde Prols, aus der er offenbar gekommen ist, und Bitter Moon Mandy zu einem Leben, in dem es sie ausschließlich mit Lust erfüllt, wenn jemand eine Banane in sie schiebt, und in dem sie höchstens aus Ekstase weint.

Und Werner aus dem Nachtprogramm?

Egal. Nur möglichst weit weg.

Sieg der Marzipan-Möpse

Einer anderen Erotikautorin etwas zum Geburtstag zu schenken, das zwar sexy ist, aber keine Batterien braucht, weil wir uns so nahe dann doch nicht stehen, gestaltet sich schwierig – und die Sache wird nicht einfacher dadurch, dass man selbst eine Pornografin ist. Auf der Suche nach einem geeigneten Geschenk versuchte ich die beiden Leidenschaften der feiernden Kollegin zu verbinden, nämlich Kuchen und Sex. (Mit ihrer dritten Leidenschaft – Mini Spitze – ließ sich so gar nichts anfangen. Wieso züchtet man überhaupt Hunde, die aussehen wie kläffende Klobürsten und sich nicht mal selbst den Hintern lecken können?)

Ich entschied mich für eine Torte in Mösenform, noch ohne zu wissen, dass mich das zu meinem nächsten Kolumnenthema führen würde. Es bot sich einfach an, fand ich, immerhin ist in den entsprechenden Stellen in unseren Büchern doch ständig vom Ausschlecken und Lecken, Knabbern und Schlabbern die Rede.

Im Englischen, der Muttersprache der Kollegin, heißt es noch viel eindeutiger »to eat a pussy«.

Während ich also das Netz durchforstete auf der Suche nach einem schön geschwollenen, saftigen Venushügel aus Marzipan oder Biskuit, nach Zuckerguss-Klitorissen unter Zuckerwatte-Schamhaar, fand ich unter dem Stichwort »Mösentorte« gerade mal vier Einträge. (»Muschitorte« bringt zwar 11 300 Treffer, damit ist aber wohl kein Kuchen gemeint.) Mehr aus Spaß als aus feministischer Gründlichkeit googelte ich anschließend den Begriff »Penistorte« und, schau an, immerhin 1300 Einträge!

Es gibt also mehr Konditoren, die Penisse formen, glasieren und mit Klöten verzieren, als solche, die Muschis oder Schamlippen kneten und bestreuseln. Typisch. Penisse haben, kulturhistorisch betrachtet, eine Omnipräsenz in der bildenden Kunst, vor allem im öffentlichen Raum, also bei Brunnen und Denkmälern. Mösen kommen kaum vor, und wenn, sind es abstrahierte kaffeebohnenähnliche Gebilde, aber keine fleischig-schlüpfrigen Lustgrotten. Rühmliche Ausnahmen sind das Gemälde *Der Ursprung der Welt* von Gustave Courbet, auf dem man in gynäkologischer Detailfreude mitten hineinglitscht ins Unaussprechliche, oder auch das feministische Tischwerk *The Dinner Party* von Judy Chicago, die auf einer gewaltigen Dreiecks-Tafel jeweils einen mösenartig verzierten Teller für berühmte Frauen der Weltgeschichte aufgestellt hat. Außerdem hat sich der Zweitausendeins-Verlag gerade mit einem Bild-band über *Das weibliche Geschlecht* herausgetraut, der nur aus Nahaufnahmen von Muff und Musch besteht. Und in den *Heimlichen Augen* des Konkursbuch-Verlags gibt es auch immer mal wieder Panoramabilder der Spalte zu besichtigen.

Städteplaner jedenfalls scheinen eine Mumu-Phobie zu haben, denn nirgendwo kann man pieselnde oder ejakulierende Frauen besichtigen. Pinkelnde, strullende und sonstwie ihr Gemächt ins Wetter haltende Jungs exhibitionieren sich überall. Und wer mal gesehen hat, wie eine japanische Reisegruppe verzückt vor der winzigen Manneken-Pis-Figur in Brüssel steht, einem dicklichen Zwerg mit dicklichem Zwergenpimmel, der kann sich vorstellen, wie ungerecht die Begeisterung für die Geschlechtsorgane dieser Welt verteilt ist.

Selbst in den berühmten *Vagina-Monologen* kommen Vaginen an sich kaum vor, jedenfalls werden sie nicht besungen und gerühmt. Und sogar Goethe, der eigentlich zu allem und jedem irgendwas gesagt hat, schweigt hier g'schamig und bedichtet lieber seinen »Meister Iste« im soweit ich weiß einzigen Impotenzgedicht der historischen Weltliteratur.

Diese Ignoranz hat die Auster nicht verdient, die anscheinend gerne geschlürft, aber nicht beschrieben wird. Dabei ist dieses haarige kleine Nest, diese schlüpfrig-schleimige Spalte ein so wunderbares Körperteil, dass man ganze Oden darauf dichten müsste, konzentrieren sich doch hier sehr unterschiedliche Empfindungen: das gänsehautartige Schaudern beim sanften Streichen über die Schamlippen, die lustvolle Wärme beim handfesten Kneten des Venushügels, das strömende Gleiten, wenn es innen plötzlich feucht wird, das fast schmerzhafte Ziehen am Möseneingang, wenn ein Finger eindringt, die aufbrandenden Wellen bis hin zum heißen Abstrahlen beim Berühren der Klitoris, das saugende Gefühl im Inneren, wenn die Scheidenwände sich beim Ficken zusammenziehen und sich am Schwanz (oder was auch immer) reiben, und schließlich der explodierende Druck bis hoch in den Bauchraum beim Orgasmus. Eine Möse ist ein Multifunktionsgerät der Lüste. Und sie ist launisch. Mal möchte sie sanft geschlabbert werden und dann wieder hart gebumst, mal braucht sie es langsam und zögerlich und dann wieder schnell und roh.

Und alle Mädels, die sich noch nie mit einem Handspiegel verrenkt haben, um sich dieses Wunderwerk genau anzusehen: Schämt euch! Macht es jetzt gleich, aus Respekt vor dieser vielseitigen Spaßspalte, und freut euch, dass ihr eine habt!

Der große Erotomane Ernest Bornemann hat in seinem *Obszönen Wortschatz der Deutschen* all die Begriffe gesammelt, die es für die Punze so gibt, darunter diese, die ich vorher noch nie gehört hatte: Bitschigogerl, Brunstbusch, Gagelwitz, Knispeldose oder tatsächlich auch Nudelsieb. Dass ich damit demnächst meine Sexszenen bestücke, kann ich mir eher weniger vorstellen. Auch Mullemaus, Pudelhaube oder Rutschiputsch machen mein Höschen nicht wirklich feucht. Da bleibe ich doch lieber bei den Klassikern Möse, Fotze, Fötzchen, bei flauschigen Begriffen wie Muschi oder Bärchen oder bei Kulinarischem wie Pfläumchen oder Dattel, wobei wir wieder bei den Süßwaren wären.

Da gab es übrigens, um auf die cremigen Kalorienbomben zurückzukommen, doch noch Hoffnung für feministische Liebhaberinnen obszöner Backwerke. Denn ganz am Ende meiner Recherche kam mir endlich die Idee, eine anatomische Etage höher nach einer Busentorte zu suchen, und siehe da: unschlagbare 17 900 Einträge! Sieg für die Marzipanmöpse!

Gut gefickt ist schon mal was

Seit die Frau sich emanzipiert hat, ist ein netter Mann im Bett kein rücksichtsloser Rammler mehr, kein hungriger Hengst, kein stoßender Stecher. Er ist sensibel, kennt sich mit der weiblichen Anatomie aus und kümmert sich um die weiblichen Bedürfnisse. Das ist nett von ihm, so nett, wie wenn jemand am Wochenende verfilzte Hunde im Tierheim kämmt oder schwerhörigen Omis Rosamunde Pilcher ins Schrumpelohr schreit. Her mit der Medaille, dem Pokal, dem Bundesverdienstkreuz für die sexuellen Kümmerer – wäre da nicht eine Kleinigkeit: Der Hiwi, der zum zehnten Mal geduldig einen Löffel Brei zwischen zwei zahnlose Kiefer schiebt, ist zwar herzig, allerdings nicht besonders geil. Gute Jungs kommen in den Himmel, aber um als Frau mit ihnen zum Orgasmus zu kommen, braucht es etwas anderes, und damit meine ich jetzt keinesfalls den berüchtigten Bad Boy.

Nette Männer, die Frauen behandeln wie eine seltene Tierart, Männer, bei denen Sex ausartet zur Behindertenpolitik, haben den Grundgedanken von Feminismus nicht wirklich verstanden. Denn Sex ist keine Entwicklungshilfe im Bett, sondern eine Sache zwischen zwei erwachsenen Menschen.

Und mündige Frauen warten nicht, bis ihnen ein Mann den Orgasmus auf dem Silbertablett präsentiert. Mädels, die wissen, was sie brauchen, holen es sich. Das Problem der Männer, die lustvoll ficken und besonders nett sein wollen, ist, dass sie beides kaum gleichzeitig hinkriegen – und dass letztendlich beides nicht klappt. Der Mann an sich ist ja eher weniger multitaskingfähig. Wer das für ein Klischee hält, der versuche mal, einen Mann, während er eine Mail schreibt, zu fragen, ob er morgen Milch kaufen kann. Da sieht man es ganz deutlich: Entweder er kümmert sich um die Milch oder um die Mail.

Beim Vögeln funktioniert das nicht anders.

Deshalb ist wie bei allem, das man zu zweit betreibt, Arbeitsteilung eine tolle Idee. In der heißen Phase, den letzten Momenten vor dem großen Gesabber und Gekreische kümmere sich ein jeder um seins. Jeder um seine Körperteile. Jeder um seine Lust. Ja, das klingt nicht superromantisch, aber Orgasmen sind nicht romantisch. Kuscheln ist romantisch, Küssen auch, sich hinterher erzählen, was man empfunden hat, von mir aus, aber der Orgasmus selbst, der ultimative Abschuss, bei dem alles an Kontrolle und gutem Benehmen über Bord geworfen wird, alles Denken, Analysieren oder

Kommunizieren wie Ballast von einem fällt und man eine Grenze überschreitet, dieser Ausnahmezustand also ist eine einsame Sache. Da braucht man keinen Lover, der sich Mühe gibt und wie Scotty auf der schon explodierenden »Enterprise« an allem rumschraubt, was ihm unter die Finger kommt, da braucht man einfach einen, der beim Countdown nicht stört. Deshalb schätze ich zum Beispiel A-tergo-Sex sehr. Kniend habe ich viel Platz zwischen den Beinen, um mich da anzufassen, wo es schön ist. Je nachdem welche Laune meine Klitoris heute hat, kann ich sie vorsichtig antippen, heftig drücken und rhythmisch rubbeln, während der Mann, der hinter mir kniet, das tut, was Männer nun einmal am besten können: ficken. Gefickt werden ist eine wundervolle Sache, und wenn man schon mal jemanden dahat, der perfekt dafür ausgestattet ist, na prima.

Vielleicht sagen wir es euch zu selten, dass uns das wirklich Lust bereitet, nicht nur das Vorspiel, nicht nur das Fingern und Lecken, sondern auch das reine Ficken. Es macht Spaß, wenn die Eichel ihren Kopf durch den Möseneingang schiebt, wenn der Schwanz dann ganz in die Möse hineingleitet, wenn er sich an den Wänden reibt und es im Fötzchen immer nasser wird, wenn die Hoden mit leisem Klatschen gegen die äußeren Schamlippen schlagen.

Anfangs mag ich es gern, wenn der Reiz variiert, wenn der Mann spielt, wenn er mich mal nur ganz vorn am

Eingang fickt und dann wieder tief in mich hineingleitet, wenn er kleine Pausen macht oder in der Poritze herumfingert. (Nägel maniküren, liebe Männer, hat nichts mit Schwultum zu tun, ehrlich, feilt euch die Nägel! Eine rissige, splittrige Hornhaut an der Rosette ist nicht geil, und wenn scharfkantige Fußnägel die Waden aufschrammen, ist das der absolute Lusttöter, also kürzt, feilt und cremt eure Pranken!)

Geht es dann auf den Endspurt zu, werde ich zur Puristin. Spart euch den x-ten Stellungswechsel. Verlangt nicht, dass ich meinen Fuß hinterrücks auf eure Schulter lege (da zahlt sich das Yogatraining zwar endlich mal aus, aber geil ist es nicht), fummelt nicht zwei Fingerbreit neben meiner Klitoris herum, falls ihr sie in der Hitze des Gefechts nicht so genau findet (dicht daneben ist auch vorbei), drückt mich nicht mit eurem Körpergewicht auf die Matratze, um doch noch mal die Brustwarzen zu zwirbeln. Ihr seid mein Lover, nicht mein Hiwi. Ich bin ein großes Mädchen und weiß, was zu tun ist. Ein Mann ist kein Ritter, der mit dem Orgasmus auf der Lanze herangaloppiert kommt wie früher mit dem abgeschlagenen Drachenkopf. Ihr braucht euch nicht zu sehr zu kümmern, fickt einfach.

Nur ficken. Das aber gut. Ihr könnt gern allmählich schneller und härter werden, solange ihr den Rhythmus möglichst gleichmäßig haltet. Quengelt nicht rum oder japst: »Kommkommkomm«, das nervt. Wenn es irgendwie machbar ist, schätze ich es sehr, zuerst zu kommen. Nicht weil das höflich wäre wie Türaufhalten oder Stuhlranrücken, sondern weil es sich heiß anfühlt, wenn sich die Möse beim Orgasmus zuckend zusammenzieht und sie dabei noch einige Male gestoßen wird.

Und habt keine Hemmungen, euch in diesen letzten Minuten um euch selbst zu kümmern, euch den Finger in den Po zu schieben oder euch im Spiegel zu bewundern oder was euch sonst heiß macht. Ihr habt eine erwachsene Partnerin im Bett, so eine kann auch gönnen. Und eine gut gefickte Frau, die befriedigt, schweißnass und rachitisch atmend auf dem Laken liegt, hat sehr viel mit Emanzipation zu tun.

Zwei Nüsse für Aschenbrödel

Eigentlich wissen es ja alle: Die kleinen Menschen, die sich im Fernseher bewegen, die sich in schleimige Monster verwandeln oder in zwei Stunden vom Pummelchen zur Primaballerina werden, die andere Menschen mit Strahlenkanonen abmurksen oder mit tadellos sitzender Fönwelle ohnmächtige Kinder aus brennenden Häusern retten: Diese kleinen Helden und Schurken sind gar nicht echt. Das sind nur Flimmerpunkte. Und bei Spiderman und Miss Marple ist das auch Feministinnen klar.

Wieso aber bei Pornos nicht? Wieso führen sich die Sittenwächterinnen hier auf, als sähen sie das wahre Leben? Oder zumindest eine Doku? Da wird das kranke Frauenbild angeprangert und die hedonistische Beziehungskultur verteufelt und in nicht enden wollenden Argumentfluten darauf hingewiesen, dass Sex in Wirklichkeit etwas ganz anderes sei.

Liebe Feministinnen: Pornos sind keine Produkte investigativer Journalisten. Günter Wallraff hat da Sendepause. Und das ist auch nicht die Wim-Wenders-Retrospektive, zu viel Kunst wäre abträglich, immerhin soll man sich beim Betrachten auf seine »niederen« Triebe konzentrieren können.

Pornos sind Märchen für Erwachsene. Nicht mehr und nicht weniger. Hänsel und Gretel, die sich im Wald anknuspern oder von der Hexe einen Maiskolben hineingeschoben bekommen. Nicht immer sieht das schön aus, die allermeisten Pornos sind unterirdisch schlecht gemacht und ästhetisch indiskutabel. Und ja: Das Frauenbild ist furchtbar, und die Drehbücher und »Storys« sind zum Weglaufen. Jede Lungenkrebswarnung auf einer Zigarettenschachtel finde ich amüsanter und erregender als den Anblick, wenn Manni sich geifernd in den Tigertanga greift.

Aber: Auch der Hulk wird im echten Leben gar nicht wirklich grün, sobald er sich ärgert. Und die Frau, die im Porno so rumwimmert und schreit, die wimmert und schreit nächste Woche, wenn sie Glück hat und Karriere macht, als Unfallopfer in einer Krankenhaus-Soap. Und ihr Arbeitskollege, der dürftig bekleidete Fernfahrer, der ist gar nicht so ruppig, wenn er abends zu seiner echten Frau heimkommt. Wahrscheinlich sagt er viel mehr zu ihr als nur: »Auf die Knie, du Schlampe!« Vielleicht sagt er so etwas wie: »Schatz, ich hab wieder tausend Euro beim Rudelbums in Tschechien verdient, jetzt können wir die kleine Maren-Thekla zum Klavierunterricht anmelden.« Ein Märchen lebt eben davon, dass manche Sachen überzeichnet und unrealistisch sind, dass man Wunschvorstellungen sieht oder auch nur Bilder, die den Schwanz hart und den Kitzler juckelig machen, auch wenn man sie selbst billig und geschmacklos findet. In meinem Kopf passieren viele geschmacklose und politisch unkorrekte Sachen, aber solange es mich geil macht, denke ich es weiterhin.

Und natürlich hat Porno mit Sex ganz oft gar nicht mehr viel zu tun – jeder, der mal Sex hatte, weiß das. Man sieht im Film überdeutlich, dass die Mösen eben nicht feucht und die Schwänze eben nicht hart sind. Wenn eine Frau bereits zehn Minuten lang Geräusche macht wie ein Dudelsack, würde ich als Mann erwarten, dass die Dame so langsam mal kommt, aber nein, das geht immer weiter. Diese Pornoszenen sind dermaßen ermüdend lang, dass ich kaum eine jemals zu Ende gesehen habe. Ich besorge mir meinen Orgasmus und schalte um auf die tausendste Wiederholung der *Nanny*, was immer noch unterhaltsamer ist als *Miezen lassen sich die Muschis mörsern Teil IV*.

Jetzt sollte man doch meinen, der Grundsatz »Mach's dir selbst, dann machst du es auch richtig« gelte auch für die Pornofilmindustrie. Im Bett haben wir Frauen es längst kapiert. Während er hingebungsvoll und hart fickt, fassen wir uns zärtlich oder wie immer wir es auch wollen an den Kitzler, und dann klappt das alles.

Aber bei Pornos engagieren sich kaum moderne, feministische, selbstbestimmte Frauen. Pornos überlassen wir den Männern, die es ja offenbar nicht hinkriegen. (Und bevor hier ein Aufschrei durch die Reihen geht, fordere ich Beweise! Nennt mir einen, nur einen einzigen richtig guten, saugeilen, toll gemachten Pornofilm! Mailt mir, schickt mir Briefe, Links und Tapes, und ist ein annehmbarer dabei, werde ich Werbung dafür machen!). Wie schön könnten feministische Pornos sein: Attraktive Frauen mit einem IQ über Taillenumfang ficken gut gelaunt mit netten Männern, lassen sich lecken, bis sie kommen, abfingern da, wo es schön ist, und behaupten nicht, dass es supermegageil sei, einen Dildo abzulutschen, den sie kurz vorher noch im Enddarm hatten. Das Ganze in schöner Kulisse mit vernünftiger Musik. Leider wird so etwas nicht gemacht.

Nicht dass es keine Pornos von Frauen gäbe. In Berlin wurde sogar mal der erste »feministische Pornofilmpreis« verliehen: »Die Auster«. Und der Ansatz dieser feministischen Pornos ist ja auch wirklich gut gemeint: Alle am Set sollen einverstanden sein, safe soll es sein, niemand darf ausgebeutet werden, verschiedenste Frauenbilder sollen vorkommen, kein Leistungsdruck, keine Schwanzparade. Prima. Allerdings wären wir da wieder beim Märchen. Denn es wäre schon schön, wenn das, was man auf der Leinwand sieht, auch schön wäre. Um hässliche Menschen zu sehen, wie sie *keinen* geilen Sex haben, schalte ich keinen Film an.

Was gab es alles zu bestaunen in diesen feministischen Pornos: jede Menge schlaffe Schwänze (hat man doch genug zu Hause), ebenso viel Cellulite bei den Darstellerinnen (hab ich auch selbst, brauch ich nicht im Kino), Sex mit schwulen Männern in einer öffentlichen Toilette (was Regisseurin Petra Joy daran geil fand, werde ich nie verstehen, und warum sie abblendet, wenn es endlich mal heiß wird, erst recht nicht. Und dieses ständige Gestreichel mit Federn und das Sichräkeln auf Laken, das nervt!). Außerdem gab es zwischen den abturnenden Sexszenen viele Diskussionen über Emanzipation und Unterdrückung. Diskussionen im Bett? Never ever! Nichts ist lusttötender. In meinem Schlafzimmer ist jeder Wortbeitrag außer Dirty Talk und atemlosem Gegurre unerwünscht.

Aber auch diese Veranstaltung wurde nicht von allen Frauenbewegten abgesegnet, denn weite Teile verteufeln schon das Ding an sich. Wo »Porno« draufsteht und nackte Brüste schaukeln, steckt für diese Fraktion prinzipiell das Böse drin.

Diese Sexfeindlichkeit im Feminismus werde ich nie verstehen. Was ist denn geworden aus »Wir holen uns die Nacht zurück«? Die Alternative zu doofen Männerpornos sind doch nicht gar keine Pornos, sondern bessere Pornos. Schließlich haben wir Frauen auch Augen. Und die Verbindung zwischen Pupille und Pussy ist auch bei uns gewachsen. Für richtig gute Frauenpornos braucht es aber keine verschämten Mädchen, die sich verwegen vorkommen, wenn sie in Sexshops auf die rosa Marketingmasche reinfallen und *Sex-and-*

the-City-DVDs, glitzerndes Duschgel, possierliche Raupendildos oder Vibratoren in Blümchenform kaufen. Was wir brauchen für die Revolution der Mattscheibe, sind gestandene Frauen, die wissen, was sie tun.

Und ich habe die Hoffnung, dass sich da etwas ändern wird in den nächsten Jahren – der Technik sei Dank. Einen Porno zu drehen kostet heute nicht mehr die Welt. Das macht Frauen, die sich dafür interessieren, unabhängig von männlichen Geldgebern. Ich freue mich schon mal auf die emanzipierte Verfilmung von *Zwei Nüsse für Aschenbrödel*.

Blaue Lagune oder grüne Hölle

Ist man eine Weile zusammen, droht die unvermeidliche ultimative Bewährungsprobe der jungen Liebe: der erste gemeinsame Urlaub. Im Paradies angekommen stellt sich dann schnell heraus, ob man die Blaue Lagune oder den Fluch der Karibik vor sich hat, denn auf den zwanzig Quadratmetern eines Hotelzimmers offenbart sich der wahre Charakter eines Mannes und einer Beziehung.

Dabei sind die Rechte und Pflichten im Urlaub doch wohl klar geregelt: Sämtliche Kosmetikpröbchen, Betthupferl und Begrüßungs-Piccolos im Hotelzimmer gehören mir und die haarige Spinne in der Badewanne ihm. Ich darf dem niedlichen Zimmerboy in Unterwäsche öffnen, und der Mann darf ihm den Tatbestand einer von gebrauchten Kondomen verstopften Toilette pantomimisch darstellen. Ich bestelle an der Bar lasziv »Sex on the Beach« oder einen »Pink Orgasm«, und er fragt nach einem dritten Tütchen Erdnüssen, weil mir das peinlich ist.

Urlaub mit mir ist kein Ponyhof. Zur Belohnung bin ich aber im Bett für fast alles zu begeistern, was in der Urlaubsregion gesetzlich unter Strafe steht: ob Sex im Auto in Idaho oder Ficken ohne Nachthemd in Hastings/Nebraska, ob Hündchenstellung oder Schubkarre in Washington, wo man es offiziell nur in der Missionarsstellung tun darf, ob öffentliches Knutschen in Russland, Sex bei Licht in Ungarn (ja!) oder Pornos gucken in Israel und, ja, ohne Höschen unter einem Tschador. Alles verboten. Und alles viel zu heiß, um es zu lassen.

Denn zum Sexhaben, tagsüber und nachts, drinnen und draußen und vor allem in jeder Form von Wasser, sei es unter der Hoteldusche, im Terrassenjacuzzi, im Whirlpool des Saunabereichs oder im Meer, dafür ist der Urlaub doch da. Nirgends sonst fickt es sich so schwül und intensiv wie in einem aufgeheizten Hotelbett, wenn die feuchten Laken an den Oberschenkeln kleben und durch die offene Balkontür die Meeresbrise und das Rasierwasser des Spanners hereinwehen. Es hat was von fröhlicher Dekadenz, nach dem nächtlichen heimlichen Fick im Hotelpool noch feucht von Chlorwasser und Tauch-Cunnilingus am Mitternachtsbüffet vorbeizuschlendern und sich eine Portion Honig und einige Eiswürfel zu stibitzen, um sie oben im Bett für die klebrige Fortsetzung zu verwenden.

Auch wenn ich den Urlaub gern in klettverschlussähnlicher Zweisamkeit verbringe – bei Wellnessanwendungen bin ich dagegen für strikte Geschlechtertrennung.

Erstens kann man da sowieso wenig Erotisches miteinander anstellen. In der Sauna ist es zu heiß und im Tauchbad zu eisig, beides bedeutet Schniedelschrumpfklima. Und es bietet auch nicht jeder Saunagänger einen anregenden Anblick, bei manchen wünscht man sich schon, er würde eine Badeburka tragen oder sich die Eier wenigstens in Kniehöhe am Oberschenkel festtackern.

Zweitens macht es einfach keinen Spaß, mit einem Freund im Rasulbad zu sitzen, der ständig nölt, dass er sich wie ein eingeschlammter Golem fühlt. Da verbringe ich die Zeit doch lieber mit jemandem, der weiß, wo ich seine Hände am dringendsten brauche und der dabei auch die Klappe hält. Ich rede hier nicht vom hoteleigenen Callboy, der nachts am Tresen rumlungert und aus der Bar die fraulichen Reste rauskehrt, die um Mitternacht noch keinen zum Ficken gefunden haben, sondern vom Masseur. Girl's best friend.

Ich liebe einfach alles, was mit Öl zu tun hat. Viel Öl. Glitschige, muschiwarme, mösenseimige Hektoliter von Öl, auf jedem Quadratzentimeter meiner Haut, in jeder Ritze und Öffnung, jedem Fältchen, überall, wo die Sonne noch nie war. Zweihändig oder vierhändig, von mir aus sechs- oder achthändig verteilt, Masseure oder Masseurinnen – egal. Im Wellnessbereich bin ich wahllos und unersättlich, eine Massage-Nymphomanin. Ich muss nichts machen, nicht attraktiv aussehen, keine Erwartungen erfüllen, mich nicht um die Bedürfnisse eines anderen kümmern, ich kann passiv, egoistisch und faul sein. Ein Masseur sagt mir nach einer Anwendung nicht, dass er jetzt dran ist, dass er kuscheln, rauchen, schlafen oder schweigen möchte, er fragt nicht, wie er war, und schlägt keine Positionen vor, in denen mir die Füße einschlafen. Das ist Urlaub.

Ein Wort noch zu Souvenirs und anderen Errungenschaften: Von Frikadellen, Haustieren und Männern sollte man unterwegs die Hände lassen. So was bringt man sich von zu Hause mit, denn dann weiß man genau, dass das Objekt der Begierde nicht verseucht oder bissig ist. Haben mitgereiste Männer im Urlaub oft schon ein kürzeres Verfallsdatum als ein am Strand gekaufter Gummischwimmring, sind Männer, die man erst vor Ort kennenlernt, überhaupt nicht für den Re-Import geeignet. Genauso, wie ein kegelförmiger Strohhut nur in Angkor Wat schick aussieht, in Wanne-Eickel aber den Charme einer auf dem Kopf getragenen Obsttüte hat, findet man den Urlaubslover zu Hause meist peinlich und unpassend. Nessie ist auch nur in Schottland interessant, und der Yeti verstopft weit weg vom Himalaja bloß noch den Duschabfluss. Und nachdem man dann die dritte Nacht hintereinander von den Nachbarn wegen röhrender Raggaemusik angezeigt wurde oder der eingeführte Liebste beseelt lächelnd mit Hühnerfüßen vom Metzger heimgekommen ist, wünscht man sich doch, es gäbe an der Grenze eine Quarantänestation für Ferienlieben.

Aber dann ist es schon viel zu spät, um sich eine falsche Telefonnummer auszudenken.

Im Onanierstudio

Der Mann im Fitnessstudio auf dem Bike neben mir hat ein sympathisches Gesicht mit einem vernünftigen Haarschnitt, der auch nicht nahtlos in die Ohrbehaarung übergeht, und er hat weiter unten noch etwas, leistenwärts, auf das ich sehr abfahre: eine Mädchenmulde. Das ist, weil mir kein besserer Begriff einfällt, diese Linie an der Taille, die schlanke, trainierte Männer haben und die ich so gerne mit dem Handrücken entlangstreiche, bevor ich an seinen Rücken geschmiegt einschlafe. Dieser Mann tut etwas für seine Kurven, er trimmt sich, schwitzt und stöhnt, und ich gratuliere mir insgeheim dazu, dass ich das Bike neben ihm genommen habe, weil ich jetzt eine Cyclingstunde Zeit habe, mit ihm Kontakt aufzunehmen. Wer weiß, vielleicht treffen wir uns nach dem Training in der Sauna und lassen gemeinsam das eine oder andere Handtuch fallen? Dachte ich. Doch leider mutiert dieser appetitliche Mann auf dem Bike neben mir zur egozentrischen Sportmaschine, sobald der Kurs beginnt. Während der gesamten Stunde starrt er auf nichts anderes als die Spiegelwand. Auf sich selbst. Da wird sein Blick ganz entrückt wie bei meinem Kater, wenn der Tierarzt ihm bei akuter Verstopfung einen Einlauf mit Paraffinöl verpasst. Jetzt müsste ich mich, um seine Aufmerksamkeit zu erregen, schon zwischen ihn und sein zuckendes Ebenbild werfen.

Man kann sehen, wie es in seinem Hirn nur noch »Muckis, Muckis« hämmert. Das ist kein Sport mehr, das ist reine Onanie.

Im Grunde sind all diese Trainingsfanatiker, die anscheinend rund um die Uhr grunzend und schweißnass in ihren Maschinen klemmen, Masturbationsfetischisten, denn das Einzige, das sie interessiert, ist ihr eigener Körper. Die tun nur so, als wollten sie sich attraktiv und fit machen für potenzielle Partnerinnen, in Wirklichkeit ficken die sich selbst. Flirten? Fehlanzeige. Im Vergleich zu Fitnessstudios geht es in Bibliotheken und Galerien geradezu straßenstrichartig offensiv zur Sache.

Die Gyms sind gleichzeitig autoerotische Pornoklubs und die zölibatärsten Zonen überhaupt. Man muss sich bloß mal ansehen, wie obszön diese Foltergeräte aussehen, vor allem die Oberschenkelmaschine, auf der ich immer an meine Gynäkologin denke oder an ein schwules Fisting-Video. Und erst dieser Porno-Soundtrack, das Gejapse und die Gorilla-Paarungslaute, dazu das Anfeuern der anderen Jungs, als wären sie beim

Spiegelbild-Gangbang. Sogar der fast erleuchtete, super-softe Trainer beim Yoga haucht, jammert und grunzt ununterbrochen Sätze wie: »Jaaah, fühlt ihr die Dehnung, seid ganz bei euch, spürt das Kribbeln in eurem Stirn-Chakra, aahhh, das tut gut!«

Mich wundert ja, dass bisher in diesen manisch auf die eigene Sexiness fixierten Studios noch kein Kurs angeboten wird, der sich speziell mit sexuellem Training beschäftigt. Denn deshalb treibt man doch Sport, oder? Um sexyer auszusehen, um mehr Fickpartner an Land zu ziehen und um auch beim Vögeln selbst besser auszusehen (eh ein Ding der Unmöglichkeit, und ganz ehrlich: Wer sich beim Lecken mehr um seine Bauchröllchen kümmert als um meine Klitoris, der hat den Sinn des Ganzen nicht verstanden). Denkbar wäre durchaus eine Art Sex-Workout: eine Kombination aus tantrischem Yoga (beweglich bleiben, damit der Fuß auch hinters Ohr passt und bei der somalischen Schmetterlingsposition nicht die Bandscheibe rausspringt), Oberarm- und Beintraining (für mehr Kraft bei der Missionarsstellung und der Reiterposition) und Beckenbodentraining – Beckenbodentraining ist das, wo wir Mädels nachher mit unseren Schamlippen Applaus klatschen sollen, wie es so poetisch in einer Infobroschüre heißt.

Aber eigentlich glaube ich ja immer, dass nur Sex für Sex trainiert. Je mehr man sich damit beschäftigt, desto interessanter und geiler wird das doch. Und das beste

Mittel gegen sexuelle Unlust lautet: ficken ficken ficken. Der Sinn von Enthaltsamkeit erschließt sich mir nicht, ich bezweifle auch, dass ein Fußballer mehr Tore reinballert, wenn man ihm am Abend davor den Abschuss verboten hat. Oder man denke an die bereitgestellten Jungfrauen, die Attentäter im Paradies erwarten sollen. Wenn die Jungs zu Lebzeiten schon ein bisschen Spaß hätten, wäre es ihnen vielleicht nicht ganz so dringend, sich möglichst bald in die Luft zu sprengen. Ejakulieren für den Weltfrieden, sag ich da nur.

Abstinente Sportfanatiker, die mit ihrem Körper nichts anderes anzufangen wissen als Cardiotraining und Muskelaufbau, haben viel mit fleischfressenden Pflanzen gemeinsam: Sie erschaffen ein Äußeres, das falsche Versprechungen macht, sie signalisieren: »Komm her, du geile Fruchtfliege, ich hab alles, was du brauchst.« Und wenn man sich dann nähert, wird man entweder hinuntergewürgt und verdaut (im Fall der Pflanze) oder eben nicht gefickt, denn zum Sex sind Supersportler zu müde oder zu eitel.

Natürlich sieht ein sportlicher Mann scharf aus. Wenn ich auch finde, dass ein zu ausgeprägtes Sixpack immer so wirkt, als hätte der Mann einen Weltraumparasiten verschluckt, bin ich doch eine Verehrerin von segmentierten Oberarmen und eben jener Taillenlinie. Aber sportlich oder attraktiv bedeutet nicht gleich erotisch.

Erotisch ist ein Mann, wenn er souverän und sinnlich ist, wenn er selbstironische Witze über sich und seinen Penis machen kann, wenn er keine Angst vor Nähe und Intimität hat, wenn er sich Mühe gibt und rangeht, Fantasie zeigt und genug Grips und Stil hat, um zu kommunizieren und Situationen erotisch aufzuladen.

Erotisch ist ein Mann, der unter einem gelungenen Sonntagvormittag ein ausgiebiges Gevögel und danach einen Milchkaffee mit Vanillecroissant versteht – und nicht schon vorm Morgengrauen zum Triathlon aufbricht und abends so geschreddert nach Hause kommt, dass ein Senfwickel das höchste der Gefühle ist.

Um sexy zu sein, reicht ein scharfer Body nicht aus. Wer sexy sein will, muss auch Sex haben, alles andere ist Pose, eine Schwanzparade, öffentliches Onanieren im Fitnessstudio und ein Vorspiel ohne Höhepunkt. Also langweilig.

Size does matter

Dieser Moment muss traumatisch gewesen sein, als Günni, der größte Kerl der Klasse, in der Sportumkleide das Lineal rausholte und die anderen Jungs zum Pimmelmessen antreten ließ. Anders ist es nicht zu erklären, wie tief der Wettbewerbsgedanke in männlichen Egos steckt.

So hat mir praktisch jeder Mann, mit dem ich gevögelt habe, von seinen früheren Heldentaten bei anderen Frauen erzählt. Dass er dafür von mir gelobt werden wollte, fand ich immer surreal, denn Orgasmen, die ich nicht selbst erlebe, interessieren mich so wenig wie Rezepte für glutenfreie Cranberry Crumbles. Was mich an die sagenhafte Unerotik von Fernsehköchen erinnert: Ein Blick auf Lafers irres Grinsen wirkt auf meine Klitoris wie eine Runde im DörrMax – aber Männer und Kochen ist ein anderes Thema.

Das Höher-größer-schneller-Prinzip setzt sich beim Laptop fort. Die Jungs installieren uns Dinge, damit es schneller oder effizienter wird, und hinterher sind dann die Internet-Lesezeichen weg, und ich finde die Seite mit den antiken Handtaschen oder die Verhütungs-Sprechstunde nie wieder, als Bildschirmschoner grinsen mir zerfledderte Zombies entgegen, und meine Ordner sind nach militärisch-numerischen Grundsätzen geordnet.

Auch in Sachen Auto gibt es bei Männern merkwürdige Prioritäten. Es ist ja schön, wenn der Wagen 345 PS hat, aber da, wo man die fahren könnte, zum Beispiel zwischen Berlin und Magdeburg, also in der ultimativen Pampa, will man da hin? Natürlich registriere ich es, wenn ein Wagen schick aussieht, doch einem Mann in einem bunten Twingo unterstelle ich einfach viel eher, dass er meinen Kater zum Impfen fährt, Ökostrom bezieht und nachts an der Tanke Marzipan für mich kauft. Ansonsten interessieren mich eher die inneren Werte, also die Ausstattung des Wagens, etwa ob es einen Halter für meinen Kaffee gibt und ob der Mann, der die Kiste fährt, mir neben seiner Latte auch einen im Pappbecher mitbringt. Bei der Frage, ob sich das Auto dann auch wirklich für ein erotisches Abenteuer eignet, spielt die Größe natürlich schon eine Rolle. In einem Mini zu vögeln entspringt vielleicht orthopädischem Ehrgeiz, hat aber kaum echte Erotik zu bieten. Und wem sich jemals der Steuerknüppel zwischen die Bandscheiben gebohrt hat, der schätzt Autos mit großzügiger Rückbank.

Aufkleber, Duftbäumchen und große, klebrige Fruchtbonbons in Aludosen gehen übrigens gar nicht, das ist so was wie ein Spermizid fürs Auto. Und superuncool, geradezu unfickbar sind Männer, die in diesen peinlichen Ü-Ei-förmigen überdachten Motorrädern rumfahren. Elektroautos finde ich dagegen durchaus sexy, weil sie clever sind und mit dem schönen Shai Agassi einen extrem charismatischen Verfechter haben.

Es braucht gar nicht immer das Größte, Schnellste, Längste zu sein. Frauen lieben Kleinigkeiten – ja, auch die sündhaft teuren, mit seltenen Perlen in kleinen schwarzen Etuis, aber auch sonst. Für Frauen liegt die Qualität oft im Detail, zum Beispiel bei Komplimenten. Da ist ein Satz wie: »Der Leberfleck in deiner Armbeuge hat die Form einer Erdbeere«, einfach viel netter als ein hingeklotztes »Du bist die schönste Frau der Welt«, was wir sowieso nicht glauben, denn wir wissen, dass da draußen noch Nora Tschirner und Cosma Shiva Hagen rumlaufen.

Auch beim Sex muss es nicht die Superrammler-Nummer mit Akrobatikeinlage bis zur Steißbeinprellung sein. Es rührt uns viel mehr an, wenn ihr uns beim Cunnilingus ein Kissen unter den Hintern schiebt, wenn ihr beim Ficken in Missionarsstellung kurz innehaltet, um uns tief in die Augen zu sehen, oder wenn ihr vor dem Vögeln Aprikosenkompott in den Gefrierer stellt, weil ihr wisst, dass wir das hinterher ganz besonders gern löffeln.

Frauen stehen auf diese kleinen Alltags-Charmanterien. Wir schmelzen dahin, wenn ihr im Kino den Platz am Rand nehmt, weil wir garantiert mitten im Film mal rausmüssen, wenn ihr euch den Namen unserer drei besten Freundinnen merkt und das Katzenhaar unseres Lieblings ohne Meckern aus der Butter klaubt. All das belohnen wir, dafür lutschen wir euch den Schwanz und behaupten, er sei länger als der unseres Exfreundes.

Außerdem, und so viel Größe müsst ihr Jungs schon haben, ist es lächerlich, wenn ein Mann auf den Vibrator seiner Partnerin eifersüchtig ist. Frauen wissen ganz genau, dass ein echtes Gemächt nicht blau metallic schimmert und in vier Intensitäten stufenlos regulierbar rappelt. Ein Bio-Schwanz hat dafür andere Vorzüge, er ist warm und bewegt sich von selbst, er hat Klöten, die sich beim Ficken sexy gegen den Muschieingang pressen, und er bringt diese wirklich geile Reibung zustande, das kriegt kein Silikon der Welt hin. Wenn ihr aber doch ein mulmiges Gefühl habt, dann besorgt doch Toys, die mit Schwänzen nichts zu tun haben, wie einen dieser Klitorisvibratoren, die aussehen wie geschwollene Entenfüße, die kann man auch prima zu zweit benutzen, oder etwas ganz Abstraktes wie »The Cone«, meine persönliche Offenbarung unter den Sextoys.

Bleibt die Frage, woran ich dann denke, wenn ich mit so einer Lovemachine zugange bin. Und da sind Frauen nicht moralischer oder monogamer als Männer. Ihr wollt Angelina Jolie beim Hirnfick, und auch wir wollen jemanden mit dem X-Factor. Gut, dass es im Fernsehen eine gleichnamige Show gab und mit ihr das Leckerste und Heißeste, was ich seit langer Zeit gesehen hatte: Anthony Thet! Meine Göttin, ist der scharf! Da wird selbst eine gestandene Erotikautorin feucht im Schlüpfer. Ob er diesen Wettbewerb gewinnt, war mir völlig schnurz. Und was ihm sein Günni damals in der Jungsumkleide bescheinigt hat, auch.

Bauer sucht Frau
und Frau sucht Sex

Um die drängendste Frage zum Landleben gleich zu klären: Das Wort »Rammler« kommt vom mittelhochdeutschen »rammeln«, was seit dem elften Jahrhundert so viel wie »bespringen« bedeutet. Das verbindet den Hasen im Käfig mit der durchschnittlichen Landjugend, der außer nächtlichem Onanieren vor dem Plakat der Tätowiermesse wenig erotischer Thrill geboten wird, sofern im Dorf nicht gerade Schützenfeiern stattfinden, auf denen man sich fühlt, als würde man einer Aufklärungskampagne gegen Inzucht beiwohnen.

An dieser Stelle muss ich ein Geheimnis lüften: Ich bin selbst ein Landei. Und wenn ich Sendungen wie *Bauer sucht Frau* sehe oder Zeitschriften durchblättere, die das ach so romantische Leben in der ländlichen Idylle anpreisen, dann frage ich mich, wie es nur angehen kann. Irgendwas Mysteriöses passiert, wenn Menschen sich den Vierzigern nähern, alles sackt ein bisschen nach unten, die Brüste, die Eier, die Mundwinkel, die Hoffnung – und das zunehmend schlappe Herz zieht es aufs Land.

Viele Städter glauben offenbar, dass sie sich, sobald die Namen auf den Ortsschildern immer länger und die Punkte auf der Landkarte immer kleiner werden, bloß noch eine Schubkarre und einen Golden Retriever kaufen müssen, und schon erwartet sie eine Art erotischer Disneyfilm: Vor prasselnden Kaminfeuern geht die Post ab auf dem Bärenfell, draußen treibt es die Rama-Maid mit einem kernigen Bauernburschen nach dem anderen im Gelände-Gangbang, im Heuschober wartet Lady Chatterleys Lover mit geöffnetem Schamlatz auf die nächste heißblütige Städterin, und Wald und Wiese sind erfüllt vom orgiastischen Seufzen des tierischen Treibens.

Dabei kann ich aus Erfahrung sagen: Das Landleben ist ganz anders als im Werbeprospekt für Pärchenhotels.

Sicher hat ein Bett im Kornfeld seine Reize für einen Quickie, und auf einem Hochsitz von hinten gefickt zu werden, während unten die Rehe äsen, stelle ich mir durchaus malerisch vor, aber im Nirwana wohnen? Länger als ein Wochenende mit Halbpension? Wer will das? Und wer tut das freiwillig seinem Liebesleben an?

Die Wahrheit ist nämlich: Man hat nie seine Ruhe.

Zum Vögeln kommt man gar nicht, und spätestens nach der dritten Woche besucht man neidisch die Ställe, um sich zu erinnern, wie das so war, als das eigene

Leben noch hier und da hasige Momente hatte. Denn ständig schauen Leute vorbei. Entweder klingelt der Eierbauer, um in den Ausschnitt der Hausfrau zu sabbern, oder der Knecht mit dem schiefen Gesicht liefert das Heu und verständigt sich nur mit Grunzlauten und obszönen Gesten. Der Schmied hämmert zwar mit freiem Oberkörper im Stall ein Hufeisen zurecht, aber statt ambossharter Muskelpakete schwabbelt die Schwarte, und in seinem Schnauz brüten Kolonien von Parasiten, die bald auch seine Achselhaarbüsche bevölkern werden. Die Messdiener, die sammeln kommen, sind bei aller libertärer Freizügigkeit nun wirklich zu jung, und der Tierarzt steckte bis vor wenigen Minuten noch bis zum Ellenbogen im Enddarm einer Kuh und erzählt das so begeistert, dass man den Eindruck nicht wegschieben kann, er habe das Muh-Fisting genauso genossen wie die bunt gescheckte Dame Edna.

Und wenn die Leute nicht gleich vor der Tür stehen, tratschen sie. Leben im Dorf ist eine rund um die Uhr geöffnete kostenlose Peepshow.

Als ich das erste Mal mit einem Jungen knutschte, erzählten es noch am gleichen Tag drei Nachbarinnen meiner Mutter. Eine empfahl ein Gespräch mit dem Pastor. Und ich habe zwar tatsächlich meine Unschuld im Heu hinter den Kaninchenställen verloren, aber romantisch war das nicht. Die violette Fliegenfänger-Lampe flackerte und brutzelte. Der Riesenrammler neben uns hatte wesentlich mehr Ahnung von seinem Job als mein damaliger Freund. Hinterher hatte ich Flohbisse am Hintern, und der Bereiter vom Gestüt nebenan, dem ein besonders inniges Verhältnis zu einem zotteligen Shetlandpony nachgesagt wurde, knallte von dem Moment an immer grinsend mit der Peitsche, wenn ich vorbeiging.

Deshalb war ich heilfroh, als ich endlich in die Großstadt ziehen konnte, um frei und unbeobachtet zu sein. Frauen küssen, ohne Höschen tanzen gehen, sich die Muschi fachkundig depilieren lassen, den One-Night-Stand in einer WG kommunardenartig auf die andern Mitbewohner ausdehnen, sich in der U-Bahn rückwärts an einem fremden Mann schubbern, im »KitKat-Club« Pärchen beim Ficken oder im »Insomnia« anderen Pärchen beim Peitschen zusehen – das geht auf dem Dorf alles nicht. Da ist höchstens die semiprofessionelle »Rubenshausfrau Rosi« im Nachbarkaff aktiv und praktiziert seit fünfzig Jahren Dienst am Nächsten in der bleich gekochten Biberbettwäsche.

Endlich also Berlin, die Stadt, in der junge Türken so viel Testosteron ausdünsten, dass ganze Elchherden brünstig werden würden, gäbe es in Berlin Elche (was ein Gewinn wäre, finde ich, vor allem in der Hasenheide: weniger Junkies und mehr Elche!), wo Swingerklubs so charmante Namen haben wie »Ficken 3000« und den Mittwochabend für das Hetero-Haschmich reservieren, wobei ich bezweifle, dass sich Frauen in diesen knösigen Keller verirren, es sei denn, sie sind auf der Suche nach einem Josef-Fritzl-Double für besonders perverse Sexfantasien.

Und während ich mich so erinnere, wie das damals war in der ländlichen Tristesse zwischen Mähdrescher und nachbarschaftlicher Dreckschleuder, da fällt mir dieser berühmte Pornofilmschnipsel ein, den mir geschätzte drei Dutzend Leute zugeschickt haben, in dem ein Typ mit einer Ledermaske in ein Haus kommt, wo ihm eine leicht bekleidete junge Frau öffnet und ihn durch eine Art Wirtschaftsraum mit einem Strohhaufen führt hin zu einer Schalttafel. Dort leiert sie folgende improvisierte Zeilen herunter:

»Ja, das ist der Stromkasten, mit dem wir immer Probleme haben. Wenn Sie sich den mal angucken könnten.«

»Ja gern, aber … warum liegt hier überhaupt Stroh rum?«

»Und warum hast du 'ne Maske auf?«

»Dann blas mir doch einen.«

Wo da der Sinn liegt? Ich habe nicht die geringste Ahnung, aber ich wette, genau diese Szene hat sich bei unserem Bauern nebenan abgespielt.

Magische Worte

Am Anfang war ein Satz: »Sie spreizte nun leicht ihre Schenkel, mein Finger glitt sofort in ihr heißes, nasses Fötzchen.«

Ich war fünfzehn und fischte das Buch vom Wühltisch eines Supermarkts. Ich glaube kaum, dass ich es gezielt ausgesucht habe. Wahrscheinlich fand ich die Beschreibungen auf dem Umschlag vielversprechend: »erregend«, »Detailgenauigkeit« und »Rotlicht-Szene«. Ich war übrigens nicht nur Jungfrau, sondern dank einer katholischen Erziehung auch noch orgasmusunerfahren. Der Roman entpuppte sich als schmierige Lebensbeichte eines Zuhälters, schlecht geschrieben, größenwahnsinnig, vulgär. Abends lag ich in meiner geblümten Bettwäsche und konnte es gar nicht fassen. Da kamen Worte vor wie »ficken« oder »Schwanz«, und Menschen machten sich einfach so übereinander her, trieben es in fahrenden Autos auf der Landstraße oder zogen sich zum Sex Nylonstrumpfhosen an, bei denen sie den Zwickel herausgeschnitten hatten. Ich fand es unglaublich. Abstoßend. Erregend. Ich schwitzte. Meine Haut kribbelte. Und zwischen meinen Beinen wurde es so feucht, dass ich es spüren konnte und die Knie aneinanderrieb, um das Gefühl zu verstärken. Ich hatte zwar schon mal gehört, dass Freundinnen sich selbst anfassten, aber ich war eine Spätentwicklerin und außerdem eine große Theoretikerin. Noch heute weiß ich immer gern vorher, wie genau etwas funktioniert – sei es ein Kaffeeautomat oder eine neue Stellung im Bett. In puncto Solosex hatte ich nicht die geringste Ahnung. Also ignorierte ich mein brennendes Gesicht, die zitternden Hände und das Ziehen im Unterleib. Ich duschte sogar kalt, aber selbst der Schmerz des eisigen Wassers auf meiner brennenden Haut verstärkte das Jucken und Klopfen zwischen meinen Beinen. Ich widerstand der Versuchung, zögerte es hinaus, der Druck in meinem Bauch stieg. Ich hörte mich atmen und fühlte mich bis zum Platzen geschwollen und wund an. Und dann traf mich auf Seite 66 dieser sicher nicht pulitzerpreisverdächtige Satz mit dem »Fötzchen« wie ein Keulenschlag (der Held befummelt übrigens gerade eine Dorfschöne in einer Diskothek): Da war es vorbei mit der Beherrschung und zu spät für Theorie. Als ich mir den Slip auszog, mich mit dem Buch in der Hand nackt auf dem Bett ausstreckte, mir endlich zwischen die Beine griff und meine Finger zwischen die heißen, seimigen Schamlippen glitten, wusste ich sofort, dass ich nie wieder darauf verzichten und auch nie wieder kalt duschen würde. Ich kam zum allerersten Mal in meinem Leben, und ich erinnere mich gut an das unglaublich befreiende, entfesselte Gefühl. Und an das Glück. Ich versuchte es ein paar Minuten später noch einmal, um zu sehen, ob es wirklich passiert war. Und dann noch einmal, um festzustellen, ob es auch mit den anderen Stellen des Buches klappte.

Zwischen den Orgasmen wurde mir eine Menge über mich selbst klar: Ich bin ein überaus sexueller Mensch. Ich muss nicht warten, wenn ich etwas genießen will, denn ich kann es mir selbst verschaffen. Und ich bin Verbalerotikerin, ich möchte Sex nicht zur erleben, ich möchte auch darüber sprechen, gerne beides gleichzeitig. Und ich will etwas schreiben, das bei anderen Menschen ähnlich intensive Erlebnisse verursacht. Daran hat sich bis heute nichts geändert. Kaum etwas macht mich mehr an als Worte.

Hören ist einfach eine extrem geile Sache. Jemanden, der stumm wie ein Karpfen vor sich hin fickt und bei dem ich nur am erschlafften Penis merke, dass er gekommen ist, finde ich nicht wirklich spannend. Und auch aus biologischer Sicht ergibt es Sinn, sich mal beim Mörsern zu mucken, wie die schottische University of St. Andrews und das Max-Planck-Institut in Leipzig herausgefunden haben. Die Forscher stellten fest, dass Schimpansenweibchen laute Paarungsrufe ausstoßen, um andere Männchen anzulocken, aber still bleiben, wenn Weibchen in der Nähe sind. Damit verbreiten sie effektiv ihr Erbgut und vermeiden Konkurrenzkämpfe – ein Zeichen für hohe soziale Intelligenz und ausgeprägte geistige Fähigkeiten. Und nicht nur Menschen und Affen, auch Löwen und See-Elefanten brüllen ihre Lust heraus. Und wer jemals rollige Katzen vor dem Fenster hatte, der weiß, wie markerschütternd sich das anhört.

Vom Tierreich abgesehen macht es einfach Spaß, sich einmal nicht zu kontrollieren und einfach gehen zu lassen, egal ob man dabei wie ein rachitischer Dudelsack oder ein verendender Hamster klingt. Mund auf und immer raus damit. Ein »Jajaja mach's mir« ist allemal ein besserer Soundtrack als die hundertste Kuschelrock-CD.

Natürlich gibt es noch viele erotische Dinge außer Dirty Talk, die ganz wunderbar sind. Gestrickte oder mindestens blickdichte Overkneestrümpfe, die ohne Strapse und ohne Höschen zu zarten, vielleicht sogar durchsichtigen Hemdchen getragen werden zum Beispiel. Aufgekrempelte Ärmel bei nicht zu haarigen Männerunterarmen. Entrückt tanzende, flachbrüstige Frauen, die ihre Nippel mit Tape, Pfauenfeder oder Tassels bedeckt haben. Kleine Schweißtropfen, die an einem unglaublich heißen Tag mit brennender Sonne über meine Haut mehr rollen als fließen. High Heels oder eng geschnürte Korsetts. Schwüle, suizidal gehauchte Musik von Morcheeba, Cat Power, Angela McClusky oder Melody Gardot. Ein toller Duft wie »Pure for Men«

von Jil Sander. Sexspielzeug wie den »Cone« oder biegsame, eher dünne Vibratoren. Fummeln im Freibad. Ölmassagen. Das Keuchen eines Mannes an meinem Ohr, kurz bevor er kommt. Taye Diggs aus der Serie *Private Practice*. Der Moment, wenn ein Penis in meine Muschi eindringt. Geleckt werden natürlich. Gefickt werden, keine Frage. Mehrere nackte Menschen, die um- und übereinander knäueln. Und auch: ein ganz tiefer, unendlich privater und völlig uninszenierter Blick mit einem so simplen Satz wie »Ich will mit dir schlafen«. Da sind sie wieder, die magischen Sätze. Auch das ist Verbalerotik. Einfach mal sagen, was Sache ist: »Deine Möse schmeckt gut.« – »Ich seh gern zu, wie deine Nippel hart werden.« – »Ich hab den ganzen Tag daran gedacht, dich zu ficken.« Oder auch nur: »Ich brauch das jetzt.« Das ist pure Hexerei. Und dazu braucht es keine Krötenaugen, keine Spinnenbeine, Fledermaushoden oder Werwolfrotz. Nicht mal einen Zauberstab. Die Inspiration dazu darf auch vom Wühltisch kommen. Übrigens eigentlich ein geiles Wort: Wühltisch.

Boy's best friend

Wenn erwachsene Frauen vor einem Speiseeisplakat anfangen zu kichern, mag das daran liegen, dass sie gerade ihren ersten Blowjob-Partner wiedergesehen haben: Ed von Schleck, das sagenumwobene Erdbeer-Vanille-Eis in Phallusform. Zu Schulzeiten machte man sich darüber her, um das große Mysterium der Männer zu erforschen. Damals lernten wir am cremigen Frostdessert das Wichtigste beim Blasen, nämlich speicheln, stülpen, schmatzen: ja. Schaukeln, kraulen, mauscheln – auch gern. Aber niemals, never ever, die Zähne benutzen. (Zungenpiercings, die sich im Frenulum verhaken konnten, gab es damals noch nicht.) Später lernten wir dann am lebenden Objekt, dass Schwänze nicht nach Vanille schmecken und auch nicht schmelzen, wenn man sie oral bearbeitet. Dafür wiederum haben sie keine Kalorien, und so ist der Kosmos immer im Gleichgewicht.

Ursprünglich, um jetzt mal den Dutt aufzustecken und den Rohrstock rauszuholen, bezeichnete »blasen«

eine Wellnessmethode für Frauen. Zu Zeiten Freuds galten ja Frauen mit sexueller Unter- oder Übersteuerung gern mal als wahlweise »frigide« oder »hysterisch«, und das setze ich hier in Anführungszeichen, weil es mich heute noch aufregt, aber das ist ein anderes Thema. Eine Anwendung, der sich diese »fehlentwickelten« Frauen unterwerfen konnten, war ein Tisch, der in Höhe der Möse eine Aussparung besaß und auf den sich die Behandlungsbedürftigen nackt zu legen hatten. Was in Swingerklubs oder bei einem handwerklich begabten Liebhaber durchaus spannend werden könnte, bot damals nur heiße Luft. Die wurde mit Kräutern angereichert und durch diese Öffnung in die Muschi der Patientin geblasen. Rattig geworden sein dürfte dadurch keine, da war das aufkommende Radfahren mit dem harten, ungefederten Sattel zwischen den Schenkeln wahrscheinlich sehr viel effektiver.

Wie das Wort »blasen« vom vaginalen Durchzug zum männlichen heiligen Gral wurde, weiß ich nicht. Jedenfalls kommt heute kein Pornofilm ohne aus, und offenbar finden Männer diese Sache dermaßen geil, dass es sie in diesen cineastischen Werken sogar anmacht zu sehen, wie zwei Lesben ihren Dildo ablecken. (Jungs, das ist so doof! Mal im Ernst: Warum sollten Frauen das tun? Das ergibt nun wirklich gar keinen Sinn.)

Wenn man dem Süßen im Schlafzimmer sagt, er dürfe sich heute etwas wünschen, dann weiß man ja eigentlich, was passieren wird. Männer lieben es einfach, gesaugt zu werden – vorzugsweise von Frauen, wenn auch die Notaufnahmeberichte von Staubsaugerverletzungen oder sonstwie eingeklemmten Schwänzen nicht abreißen. Um es ganz deutlich zu sagen: Notzucht mit Vampyr, Miele oder Bauknecht fällt unter die Kategorie Elektro-Sodomie und ist nicht zu empfehlen. Dabei fällt mir ein, dass es die sexuell überaus aggressiven Delfine, die nicht halb so transzendental drauf sind, wie es kleine, verzückte Esoterikerinnen gern hätten, dass es Delfine also auch schon mal mit ins Meer reichenden Abflussrohren treiben. Wenn das die intelligentesten Viecher auf diesem Planeten sind, muss man sich nicht wundern, wenn der Liebste zu Hause gern den Dirt Devil Centrino besteigt.

Aber zurück zum Blowjob.

Bei meiner eigenen Begeisterung für Cunnilingus habe ich volles Verständnis dafür, dass die Saugnummer bei den meisten Männern als Lieblingspraktik fungiert. Zunge und Lippen sind einfach die perfekten Sextoys. Und die Hoffnung liegt nahe, dass sich der vor Lust Weggeblasene nach dem Wie-du-mir-so-ich-dir-Prinzip revanchieren wird.

Aber nicht nur das ist ein guter Grund, ihn mal öfter mit einem Blowjob zu beglücken.

Man sieht dabei auch super aus.

Wenn ich zu ihm hochgucke, habe ich ein Kinn so scharf wie eine Klippe, und die Wimpern werfen Schatten bis zu den Augenbrauen. Das ist natürlich total nebensächlich, aber auch erfreulich angesichts der Tatsache, dass man bei praktisch allen anderen Sexpraktiken ein eher merkwürdiges Erscheinungsbild bietet. Was man wiederum vergessen sollte, weil Männer, wenn es denn zur Sache geht, sowieso nicht mehr über Rippenknochen oder Speckröllchen nachdenken. Wenn Männer vögeln, vögeln sie und sonst nichts. Nur: Beim Vorspiel gucken sie durchaus hin, und solange sich ihr bestes Teil noch nicht im magischen Magnetfeld des Muttermundes befindet, ist das Gehirn zumindest teilweise aktiv. Dann fühlt es sich schön an, wenn ich weiß, ich sehe verführerisch aus, heiß, verdorben, halb Lolita, halb Hetäre – wann ist man das sonst schon?

Außerdem genieße ich es, die Fäden beziehungsweise seine Lust in der Hand zu haben. Frei nach dem Sprichwort: »Hast du den Mann bei den Eiern, hast du den Mann«, weiß ich: Es ist mein Spiel. Ich bestimme, was passiert. Ich kontrolliere seine Erregung.

Es macht mich an, wie er sich verliert und ausliefert.

Ganz nebenbei sind Blowjobs super, um einen Schwanz schnell hart zu kriegen, und nass ist er dann auch schon – also ideal, um einen Quickie wirklich quick zu gestalten.

Ratgeber empfehlen ja gern allerlei Bestreichungen, als wäre man nicht beim Sex, sondern in einer Crêperie. Ich finde es nicht wirklich scharf, einen Penis mit Nutella zu beschmieren, schon weil es furchtbar abtörnend aussieht. Beim Blowjob bevorzuge ich die pure Variante.

Denn ihn zu lutschen ist mehr als eine sexuelle Dienstleistung, es ist hochgradig intim und sagt dem Partner: Ich finde dich gut, es gibt keine Tabus zwischen uns, dein Körper ist schön, du und dein Dödel, ihr seid beide genau richtig. Angesichts der allgegenwärtigen Penis-Phobie (wann sieht man schon mal einen in Zeitschriften *ohne* den Hinweis, dass nackte Frauenkörper doch viel ästhetischer sind?) muss das doch für Männer ein seltener Glücksmoment sein.

Dabei fällt mir ein, dass ich schon lange mal mehr Schwänze in Frauenzeitschriften fordern wollte. Liebe Chefredakteure: Nur weil ihr immer noch größtenteils Männer seid und euch vor lauter Angst, sofort zu verschwulen, falls ihr einen komplett nackten Mann abdruckt, lieber mit dem elektrischen Tacker ein Viagra-Rezept an die Stirn hämmert, heißt das noch nicht, dass Frauen entblößte schöne Jungs nicht sehen wollen. Her mit den Schwänzen! Spot auf die Klöten! Schluss mit dem Penis-Embargo! Und bitte richtet auch irgendwo zwischen Gurkenmaskenrezept und Reisebericht eine Kolumne ein namens »Ich und mein Schwanz«, in der uns ein Mann all die Geheimnisse erzählt, von denen Frauen bisher nicht mal ahnen, dass es sie gibt. Warum zum Beispiel begrabbeln Männer ihren Dödel ständig, auch wenn gerade gar nichts Sexuelles im Bett oder in der Glotze passiert? Frauen kraulen sich doch auch nicht ständig die Muschi oder gucken nach, wie die Klitoris heute so drauf ist. Wo verstauen Männer ihren Schwanz beim Fahrradfahren? Und stimmt es wirklich, dass beschnittene Männer länger vögeln können? Wollt ihr nun eine Prostatamassage oder nicht? Was macht einen gut gemeinten Blowjob zum perfekten?

Ed von Schleck konnte uns diese Fragen nicht beantworten. Da ist es wesentlich effektiver, sich vor den Herrn und Meister zu knien und sich anlernen zu lassen. Und solange das ein Rollenspiel bleibt, ist das ja auch mal ganz lustig. Wer allerdings glaubt, die Unterwürfigkeit ginge danach noch weiter, der soll doch lieber den Staubsauger begatten. Oder ein Abflussrohr.

Macken, Marotten, Mysterien

Dass Männer nach dem Sex immer direkt einschlafen, ist nur die halbe Wahrheit. Tatsächlich schlafen Männer nämlich immer direkt ein, sobald sie flach liegen und einmal seufzen. Egal ob sie vorher schweißtreibend gevögelt oder nur ihrem Schwanz vor dem Schlafzimmerspiegel mit Kennermiene gehuldigt haben. Der männliche Hinterkopf berührt das Kissen, drückt sich hinein, der Tiefschlafimpuls wird von irgendeiner Drüse ausgestoßen, noch ein Schnauben, Rüsseln, Schmatzen oder Räuspern ..., hinüber ist er. Aus meinen Armen direkt an Morpheus' narkotisierende Brust.

Es gibt wenig auf dieser Welt, das mich derartig neidisch werden lässt.

Wie macht ein Mann das? Was passiert mit den Gedanken in seinem Kopf? Stellt er die einfach ab? Zwischen meinen Ohren zum Beispiel tuschelt und salbadert es ununterbrochen wie früher das Küchenradio meiner Oma, den ganzen Tag lang – und erst recht im Dunkeln, wenn mein Gehirn sich gerade mal nicht mit

Schreiben, Internetsurfen oder dem Öffnen von Katzenfutterdosen beschäftigt. Es schwatzt, kommentiert, flüstert, mault und schäkert ohne Ende. In meinem Kopf herrscht Lärm, und je dunkler es vor meiner Stirn ist, umso lauter wird es dahinter. Gegen dieses interne Geplapper wirkt das Opening der *Muppet Show* wie ein karmelitisches Schweigekloster.

Vielleicht schätze ich Sex deshalb so sehr. Wenn das Gegurre und Gekicher vorbei ist, man sich die lieben Sachen des Tages gesagt und die neuesten Anekdoten erzählt hat, wenn die Pausen zwischen den Sätzen länger werden und das Stöhnen lauter, wenn sich die Lust erst zwischen den Beinen und dann im gesamten Körper ausbreitet, wenn sich alles konzentriert auf das Ziehen im Bauch und das Geräusch des Atems, auf das Gefühl der fremden warmen Haut, der Feuchtigkeit, auf den Moment, wenn der Schwanz in meine Möse eindringt und ich mich meinem Körper überlasse, der schon weiß, was jetzt zu tun ist, wie er sich zu drehen hat, wann er sich anspannen muss und wann er wieder ganz weich wird, wenn das alles passiert und im Kopf nur ein paar Worte stehen bleiben, gar nicht mal hörbar gedacht, sondern eher wie ein Echo, direkt zurückgeworfen von den Bildern hinter der Stirn, Bildern von vögelnden Menschen, Mösen und Schwänzen, leckenden Zungen und Fingern, die in Körperöffnungen eindringen, dann wird dieser Moment der Stille möglich, der einen Orgasmus so einzigartig macht. Fuck the thoughts away. Herrlich. Fast transzendent.

Und bei Männern? Macht man sich mal den Spaß und fragt einen Mann so etwas wie: »Woran denkst du beim Orgasmus?« Oder: »Denkst du beim Sex weniger als sonst?« Oder: »Findest du, dass Sex bei aller Geilheit nicht auch irgendwie spirituelle Momente hat?«, dann sieht er einen an, als wäre er beim Ficken zu fest mit dem Schädel an den Bettpfosten gerummst. Und wenn er dann einschläft, ist es keine Müdigkeit, sondern die nackte Panik vor einem Beziehungsgespräch, bei dem er nicht die geringste Ahnung hat, wie es zustande kam, bei dem er aber am Ende auf jeden Fall schuld sein wird, egal woran.

Männer und Frauen sind eben doch unterschiedlich. Und wenn ich auch nur ungefähr wüsste, was in euch Jungs vorgeht, würdet ihr mich wahrscheinlich gar nicht so obsessiv beschäftigen.

Warum zum Beispiel könnt ihr euch den Sicherheitscode des Autoradios merken, den man normalerweise ein einziges Mal einstellt, aber nicht die Namen der Serienheldinnen, die ihr jede Woche mit uns ansehen müsst? Wer von euch ist auf die Idee gekommen, dass sich zwischenmenschliche Probleme durch Weggehen, Schweigen oder Ignorieren lösen lassen? Ab welchem magischen Moment hieltet ihr euch für ein Geschenk an die Menschheit, das selbstverständlich mehr Geld verdienen und öfter recht haben soll als jede Frau?

Wie kann man eine tiefe Freundschaft fühlen mit jemandem, mit dem man stundenlang wortlos über einem Glas Bier sitzt oder Squash spielt, ohne jemals einen tiefer gehenden Satz zu teilen als »Alles klar, Alter?«

Warum haben Männer solche Angst vor Schwulsein oder Schwulwerden? Wenn man dreißig Jahre lang nicht von Ashton Kutchers Rimming-Rinne geträumt hat, tut man es doch nicht plötzlich, nur weil man mal einen schwulen Freund zur Begrüßung drückt. Warum findet ihr es nicht witzig, aus Spaß mit einem Kumpel rumzuflirten? Warum seid ihr nicht neugierig, ob ein Mann vielleicht besser bläst als eine Frau, und wieso lehnt ihr tantrische Prostatamassagen ab und kneift die Rosette zusammen, obwohl ihr euch sonst für jeden Saukram begeistert?

Seid ihr euch eurer eigenen Sexualität so unsicher?

Oder ein anderes großes Mysterium:

Wieso memmen Männer immer rum, sie würden nicht verstehen, was Frauen wollen. Dabei ist es in Wahrheit sehr wohl zu verstehen, ihr wollt nur das, was ihr da hört, nicht tun. Für alle, die behaupten, sie hätten keine Ahnung, hier mal ein paar Anregungen, was Frauen gefällt:

Frauen mögen Männer, die Briefe schreiben, Komplimente machen, begeistert küssen, in der Öffentlichkeit mit uns Händchen halten, sich die Ohren reinigen und die Fingernägel maniküren. Wir schätzen es, wenn ihr beim Überholen nicht bis zur nächsten Stoßstange auffahrt und vor einem Date keinen Fischburger oder Knobidöner esst. Es wäre schön, wenn ihr beim Sex mal Körperteile anfassen würdet, die schon länger nicht mehr im Gespräch waren, wenn ihr uns wirklich erst dann penetriert, wenn die Muschi richtig klitschnass-seimig überfließend ist und wenn der Hinweis auf ein Kondom nicht jedes Mal von uns kommen müsste. Geradezu liebreizend finden wir es, wenn ihr beim A-tergo-Ficken die Knie zusammennehmt, damit die breitbeinige Haltung bei der knienden Frau nicht in ein schmerzhaftes Oberschenkel-Workout ausartet, und ja, verdammt, wir stehen zu Klischees: Ab und an Blumen, Pralinen, ein selbst gekochtes Essen oder eine Fußmassage wären schon schön!

Aber werden diese Hinweise etwas nutzen und Armeen von neuen Traummännern hervorbringen? Nein. Die Hälfte der Männer hat diesen Abschnitt nur überflogen, bis es wieder ums Ficken ging, denn der Rest war Frauenzeugs, also uninteressant. Und die andere Hälfte glaubt, dass sie sowieso besser weiß, was Frauen wollen, als irgendeine dahergelaufene Autorenmieze.

Beratungsresistenz nennt man das wohl. Und die zieht sich durchs gesamte Mannsein.

Wenn Männer nicht wissen, was sie anziehen sollen, sei es zu einem bestimmten Anlass oder generell, habe ich dafür Verständnis. Mode ist kompliziert. Was ich aber nicht verstehe: Warum suchen sie sich dann nicht einen kompetenten Profi, statt weiterhin karierte Krawatten zu gestreiften Hemden zu tragen? Eine Sitzung bei der Farbberaterin und eine weitere bei einem guten Herrenausstatter und schon wäre diese Hürde für alle Zeiten genommen. Ein einziger Freund von mir hat ein Date mit einem Stilberater hinter sich und geht regelmäßig zur Kosmetikerin, alle anderen finden das tuntig, überflüssig oder peinlich. Erstaunlicherweise ist dieser Freund aber auch derjenige, der von allen am erfolgreichsten ist. Übrigens nicht nur im Beruf.

Etwas mehr Beratungsbereitschaft wäre auch in sexueller Hinsicht eine gute Idee. Da muss man gar keine Kurse zur Vermeidung vorzeitiger Ejakulation bei einer Hure belegen (in manchen Bordellen gibt es regelrechte Workshops zu diesem und anderen Problemen), nein, jede Frau, die ihr im Bett habt, ist eine potenzielle Auskunftsquelle. Spielt einfach mal Herrin und Jungmann und lasst euch anleiten. Dabei kommen beide auf ihre Kosten, und hinterher seid ihr ein Stück näher dran am Traummann.

Falls euch übrigens diese Kolumne von einer Frau weitergemailt wurde, dann seid nicht beleidigt, denn das heißt nicht, dass sie euch ärgern will. Wahrscheinlich möchte sie einfach nur mal mit euch darüber sprechen. Denn in ihrem Kopf fragen seit Ewigkeiten die immergleichen Stimmen:

Was geht in diesem Mann vor?

Was denkt der sich dabei?

Schläft er gleich wieder?

Kritisieren statt frittieren

Ein schleimiger, unkontrolliert zuckender Oktopus hatte sich an meinem Mund festgesaugt, und während einer der schlingernden, saugnapfbewehrten Arme nach meinem Gaumenzäpfchen angelte und tief im Rachen Brechreiz verursachte, dabei hart vorstieß oder aber bis in die hintersten Winkel meiner Backentaschen in mir herumaalte, schien der Rest des wulstigen Weichkörpers meine Schneidezähne einzudrücken und noch mehr glibberig wabernde Gallertmasse zwischen meine Lippen zu pressen.

Es gab keine Zweifel: H. war der mieseste Küsser, den ich je hatte. Aber ich war zwölf und nicht restlos sicher, ob das, was er da anstellte, nicht vielleicht doch so sein musste. Später wusste ich, dass es auch anders ging.

Und heute würde ich das wohl äußern.

Theoretisch finde ich, dass man sich und seine Wünsche mitteilen sollte, aber in der Praxis ist es dann ganz schön schwierig, Kritik zu äußern und wegzustecken.

Vor allem beim Vögeln, denn da ist man ja nicht nur körperlich nackt.

Zunächst einmal bringt Kritik ja zwei durchaus positive Dinge mit sich: Erstens zeigt sie, dass der andere Mensch und diese Sache zwischen uns mir wichtig sind. Wäre es mir wurscht, würde ich einfach »Bäh, eklig« schreien, mich auf den Hacken umdrehen und wegrennen, und genau das habe ich bei dem Krakenküsser auch getan.

Wenn einem der andere aber etwas bedeutet, muss im Bett verhandelt werden.

Konkrete Anweisungen wie »höher/tiefer/schneller«, die direkt beim Sex kommen, sind überhaupt keine Kritik. Da sind Diskussionen nicht angesagt. »Schneller« ist eine Botschaft ohne Subtext, und jede Art von Antwort lähmt den sexuellen Flow. Nichts wäre schlimmer als ein Mann, der mitten im Cunnilingus pikiert zwischen meinen Schenkeln auftaucht und eine Grundsatzdiskussion beginnt. Ich weiß ja nicht, wie das Männern geht, aber bei mir ändert sich das sexuelle Empfinden durchaus. Es gibt Tage, da muss man meine Klitoris nur anatmen, und sie ist schon bis aufs Äußerte gereizt, und an anderen Tagen will sie gerubbelt, gesaugt oder massiert werden. Früher fand ich es toll, in tiefen, langen Stößen gefickt zu werden, in letzter Zeit mag ich es lieber in kurzen, schnellen am Möseneingang. Wer eine Partnerin braucht, die immer dasselbe fühlt, sollte sich eine zum Aufblasen besorgen.

Männer, die beleidigt sind, wenn ihre Partnerin einen Wunsch äußert, sind meistens auch nicht lernfähig. Und damit eigentlich unfickbar. Ich hatte mal ein Date, dem ich bei unserem ersten und einzigen Sex bestimmt fünfmal gesagt habe, dass ich es hasse, am Hals heftig geküsst oder saugglockenartig bearbeitet zu werden. Es hat ihn einfach nicht interessiert. Entweder weil sein Riesenego ihm flüsterte, dass ein wirklich kunstvoller Liebhaber auf jeden Fall vampirisch tätig zu sein habe, oder weil er es nicht wichtig fand, ob es sich für mich gut anfühlte. Es gipfelte schließlich darin, dass ich irgendwann zickte: »Nicht am Hals, verdammt!« Und er lamentierte, ich hätte gerade die ganze Romantik zerstört, und jetzt könne er nicht mehr. Ein weiteres Treffen hatte sich damit erledigt.

Sex, glauben viele, ist eine Sache, die man gemeinsam macht und bei der man sich so nah ist wie bei nichts sonst. Schön wär's, aber je intimer es wird, desto individueller wird es auch und desto mehr unterscheidet man sich von dem struppigen Typen auf dem anderen Kopfkissen. Die Franzosen nennen den Orgasmus den »kleinen Tod«, und sterben muss nun mal jeder allein. Gerade beim Orgasmus ist man ganz bei sich und meilenweit von allen anderen entfernt. Man kann miteinander vögeln, aber es ist nie derselbe Akt, es spielen immer zwei Pornofilme gleichzeitig. Sobald zwei Menschen an der Vögelei beteiligt sind, wird Sex zur Verhandlungssache.

Wer zu g'schamig ist, um über Sex zu reden, der ist eigentlich auch zu unreif, um welchen zu haben. Der soll in Frieden masturbieren, da muss er niemandem etwas erklären.

Für ein Schandmaul wie mich, die gern über Sex spricht, ist das lustvoll. Wenn mein Kitzler dreckige Worte hört, gibt er meist das Kommando zum Fluten des Höschens. Für alle, bei denen das anders läuft, arten Sexgespräche schnell in Stress aus. Paare, die eine eigene Sprache für die Dingens und das Zeugs untenrum haben, können entspannter darüber sprechen, was mit den Du-weißt-schon im Uuups zu tun ist. Und je präziser die Wortwahl, desto präziser die Aussage. Es nützt ja nichts, wenn der Liebste sich Mühe gibt, aber einfach am falschen Ende arbeitet.

Dass man nett, vorsichtig und höflich bleibt, wenn man eine sexuelle Kritik überbringen möchte, und dass man versucht, sie möglichst positiv klingen zu lassen, versteht sich von selbst.

Einige Punkte, die einen womöglich stören, eignen sich generell gar nicht für eine Manöverkritik. Ein kurzer Fick-Knigge:

Wenn etwas nicht umsetzbar ist, braucht es auch nicht erwähnt zu werden. »Früher waren meine Orgasmen bei dir heftiger« oder: »Wenn dein Schwanz dicker wäre, würde ich am G-Punkt mehr spüren«, mag ja wahr sein, hilft aber niemandem.

Auch körperliche Makel, die nicht schmerzlos und schnell behoben werden können, sind tabu. »Schade, dass du zu schwach bist, um mich in die australische Beuteltierwiege zu heben« oder: »Leider bist du nicht gelenkig genug, um den feuchten Seemannsknoten zu machen«, sind nur grausam, nicht effektiv.

Äußern darf man dagegen Rasurwünsche, Hygieneanmerkungen und Stylingvorschläge, und ich finde, dass der Partner da ein Mitspracherecht hat. Wenn mein Liebhaber keinen Lippenstift mag, dann benutze ich keinen. Und wenn er Dessous sehen will, die ich unbequem finde, dann ziehe ich sie trotzdem an. Als Geschenk für ihn. Ich wiederum möchte, dass er sich die Fingernägel feilt und die Achselhaare rasiert.

Über Alterserscheinungen zu mosern ist generell unsinnig, denn da lässt sich nun tatsächlich nichts machen. (Und auch wenn die Fans von chirurgischen Maßnahmen mich jetzt steinigen: Operierte Gesichter sehen scheiße aus. Bockwurst-Lippen, Botox-Gummimasken und hinterm Ohr festgetackerte Schläfen sind nur gruselig, und man sieht es, wenn dort geschraubt wurde, auch immer.)

Wer es nicht erträgt, dass sein Partner altert, muss wohl auf langfristige Beziehungen verzichten und ausschließlich Zwanzigjährige jagen, solange sein eigener Rollator eben noch hinterherkommt, und die Gespielin natürlich alle zehn Jahre erneuern. Und, nein, Männer werden im Alter optisch nicht interessanter. Ein Bierwanst ist nicht stattlich, sondern genauso fettig wie der entsprechende weibliche Schwabbelring. Eine rachitische Trichterbrust sieht nicht intellektuell vergeistigt aus, sondern hat dieselbe Dörrfleischästhetik wie bei dürren Frauen. Männer altern nicht schöner als Frauen. Und Geld macht nur dann attraktiver, wenn man es sich direkt vors Gesicht klebt.

Auch der Hinweis auf schönere oder potentere Exbeziehungen vermiest die eigene Partnerschaft. Jungs, kleiner Tipp am Rande: Wenn ihr eure neue Partnerin glücklich machen wollt, lasst einfach mal ganz nebenbei fallen, dass eure Ex weniger attraktiv war als sie. Bei Männern wiederum hilft der Kommentar, wie toll es ist, dass sie im Bett so auf eure Lust eingehen, gleich doppelt. Erstens freut sich ihr Ego, und zweitens steigt die Bereitschaft, den Kitzler-Curler zu perfektionieren.

Aber nicht nur das männliche Ego macht Gespräche über Sex oft so unerfreulich, wir Frauen haben an dem ungemütlichen Gefühl auch einen Anteil.

Dass Männer aussehen, als hätten sie ein Stacheldrahtzäpfchen im Popo, sobald frau ein Gespräch über Sex ankündigt, mag daran liegen, dass wir meistens nur dann über Sex reden wollen, wenn irgendwas nicht stimmt. Dabei ist es das reinste Kokain für die erotische Beziehung, auch mal etwas Nettes zu äußern. Zum Beispiel dem Liebsten zu beschreiben, wieso es eigentlich so sagenhaft geil ist, von ihm auf diese oder jene Art gefickt zu werden. Dass man ihn so gern keuchen hört beim Orgasmus. Wann hab ich denn das letzte Mal gesagt, wie schön ich seine Augen finde, wie sehr ich seinen Geruch liebe, dass ich mich danach sehne, seinen Finger im Arsch zu haben, dass ich mich bei ihm wohlfühle wie bei keinem anderen vorher, dass der Sex mit ihm eine glatte 9,5 ist.

Nach so einer Hymne würde sich über die restlichen 0,5, die zum orgiastischen Jahrhundertfeuerwerk fehlen, doch bestimmt auch noch verhandeln lassen. Es sei denn, der Mann der Stunde entpuppt sich als Paul, das Krakenorakel. Dann hilft nur eine Harpune – oder die Fritteuse.

Textilfreier Zugriff

Männer auszuziehen ist kein großes Thema, denn das tun sie ja meistens selbst. Der letzte Schluck Weißwein schwappt kaum durch die Speiseröhre, da steht er auch schon pudelnudelnackich da. Gestrippt hat für mich noch nie ein Mann, und ich glaube, selbst ich fände das albern. Aber die Geschwindigkeit, mit der Männer aus den Klamotten springen, wenn klar ist, dass man den Rest des Abends hüllenlos verbringen wird, ist schon erstaunlich. Wieso eigentlich diese Eile? Ich liebe es sehr, in Klamotten zu knutschen und sich langsam über die Gürtelschnalle zum Slip vorzufummeln. Harte Armmuskeln unter einem Hemd zu spüren oder einen Ständer in der Jeans, das ist doch sexy. Aber diese Kolumne hat nicht den nackten oder den sich ausziehenden Mann zum Thema, sondern den bekleideten oder besser: den anzukleidenden Mann.

Männer nicht nur vernünftig, sondern sexy anzuziehen ist eine echte Kunst.

Ich stehe regelmäßig vor dieser Herausforderung, denn in meinen Büchern gibt es eine Menge Männer, die möglichst scharf und sympathisch, dabei aber auch lässig und individuell, männlich souverän und metro-mäßig gepflegt rüberkommen sollen, so wie ich sie mir in meinen Kopfpornos eben gern vorstelle.

Die Oberbekleidung ist dabei noch das Einfachste. Jeans und Hemd gehen eigentlich immer. Ein schönes Sakko dazu sieht sophisticated und kultiviert aus. Ich muss gestehen, dass ich mich am schwarzen Rollkragenpullover bisher nicht sattgesehen habe, obwohl das als Intellektuellenklischee bekannt sein dürfte und die meisten Männer blass macht und eine ohnehin leicht schwammige Kinnpartie noch teigiger wirken lässt. Schwarz ist überhaupt gut, die *Matrix*-Filme waren für mich ein reiner Fashion-Porno. Designermarken, wenn man sie nur trägt, um die Labels Gassi zu führen, lang-weilen mich, und was verboten gehört, sind Muster, erst recht die kombinierten, das erzeugt keinen guten Anblick, sondern eine Netzhautablösung. Querstreifen sehen nur an Hummeln niedlich aus, und alles, was kein Marienkäfer ist, sollte keine Punkte tragen. Comic-figuren gehen gar nicht, nirgendwo, es sei denn auf Strampelanzügen bis Körpergröße achtzig Zentimeter, und bitte, Jungs: kein Gelb. Gelb ist keine Kleidungs-farbe. Sie ist mit Genscher in der Versenkung verschwun-den, und seitdem ist die Welt ein schönerer Ort. Auch Rosa finde ich grenzwertig, obwohl ich ja immer sehr für Gleichberechtigung bin und Männerröcken wiederum durchaus etwas abgewinnen kann. So ein Schotte mit strammen Waden und textilfreiem Zugriff statt Feinripp mit Eingriff, das ist schon nicht unsexy. Pullunder, um noch mal auf Genscher zurückzukommen, der sicher auch nie gedacht hätte, mal in einer Erotikkolumne auf einem Swingerportal zu landen, Pullunder also sind ebenfalls keine Kleidungsstücke, jedenfalls keine für Menschen, die noch ficken möchten. Sie sind eher gestrickte Verhüterlis – was den Papst sicherlich freut, aber was will man auch erwarten von jemandem, der im hohen Alter rote Lackschuhe trägt?

Wenn ich Romanfiguren ausstatte, vor allem wenn die ein paar Seiten später hengstmäßig vögeln sollen, entscheide ich mich oft für enge Hosen (eng heißt, dass der Hintern darin knackt, und nicht, dass der Bauch überm Reißverschluss hängt!) mit nackten Füßen (blöd, wenn es draußen kalt ist) und freiem Oberkörper oder einem lässigen Hemd, das natürlich über der Hose getragen wird. Hemden in der Hose sehe ich nur gern, wenn ich einen Bausparvertrag abschließen oder eine Magenspiegelung vornehmen lassen möchte.

Bei alldem frage ich mich immer, wieso es für Männer eigentlich kaum sexy Klamotten gibt. Damit meine ich noch gar nicht mal Dessous, die man ja in einschlägigen Warenhauskatalogen bestellen kann und die meist extrem merkwürdig aussehen (es sei denn, man steht auf Lederriemen zwischen den Pobacken oder halb durchsichtigen Sackhaltern aus Netzstoffen). Viele dieser Dessous sehen aus, als wäre Captain Future von einer außerirdischen Flechte angesprungen worden oder als hätte Barney Geröllheimer einen Brontosaurier resteverwertet. Bei Männerdessous muss ich wirklich sagen, da ist mir nackt lieber. Strapse fand ich nur bei Frank N. Furter aus der *Rocky Horror Picture Show* sexy, und auf diesen Frischhaltefolien-Look stehe ich gar nicht. Ein Mann sollte sich anziehen, nicht eintuppern.

Aber man muss ja gar nicht bis zum Ritzenflitzer vordringen. Auch obendrüber gibt es für Männer kaum etwas aus der Abteilung »dressed for Sex«. Ich denke da an ein Pendant zu Minirock und Nahtstrümpfen, durchsichtigen Blusen, engen Bodys, Korsagen oder tiefen Ausschnitten, eben an das, was wir Frauen so anziehen, um zu vermitteln: Wenn du jetzt alles richtig machst, ist das später deins. Eine Frau kann man in ein bodenlanges Strickkleid mit Rollkragen stecken, in dem kein Zentimeter Haut zu sehen ist, aber wenn sich der Busen darunter abzeichnet, die harten Nippel am besten oder ein Beckenknochen, dann ist das sexy, und alle wissen, wo es langgeht. Eine pokurze Krankenschwesternuniform – geil. Der OP-grüne Kittel eines Hebburschen (männliche Hebamme): indiskutabel. Hochhackige Stiefel: heiß. Männerschuhe mit hohen Absätzen: nur daneben. An dieser Stelle mal ein Hallo an all die mittelgroßen und eher kleinen Männer. Verzweifelt nicht, wir Frauen finden euch durchaus sexy!

Wir fahren Twingos, weil wir sie niedlich finden, und nicht, weil sie praktisch sind. Schafft euch einen Riesenhumor an statt Riesenabsätze. Das ist das einzig Gute an diesem unerträglichen Modelhype: dass man inzwischen so daran gewöhnt ist, große Frauen mit kleineren Männern zu sehen. Das ist euer Zeitalter, jetzt pflanzt ihr euch fort! Und abgesehen davon wissen wir Frauen durchaus, dass die Körpergröße nichts mit der Schwanzlänge zu tun hat, also entspannt euch.

Kurz zusammengefasst: Wann immer ein Mann versucht, bewusst scharf auszusehen, wird es peinlich. Scharf ist einer, der genießt – seinen Körper und meinen –, der sich einen Dreck darum schert, ob irgendetwas männlich ist oder nicht, der die Initiative ergreift und etwas riskiert. Das Gegenteil von alldem sind die Pimps auf MTV, die sich in Nuttenmanier auf Fitnessgeräten oder großen Autos räkeln. 50 Cent ist nicht sexy. Jemand, dem der Stumpfsinn so aus den Augen springt, ist nicht sexy.

Was sich mir übrigens rein gar nicht erschließt, sei es bei Männern oder Frauen, ist die Erotik von Pelzen. Natürlich trage ich selbst niemals welche, denn ich habe zwei Kater, und ich möchte nicht, dass sie mit Schweinchen-Babe-Blick vor meinem Kleiderschrank stehend »Mama« jammern. Und Männer in Pelzen sehen sowieso immer aus wie irgendwas, das man gerade von der Autobahn gekratzt hat.

Wenn so einer aufkreuzt, gibt es nur eins: Gas geben und schnell weg.

Manche mögen's feucht:
die Muschi-Massage

Ich liebe Massagen, und ich liebe Sex. Was lag also näher, als beides zu verbinden und einmal eine tantrische Yoni-Massage auszuprobieren?

Mein Verhältnis zu Tantra war ziemlich angespannt, seit mich eine große deutsche Frauenzeitschrift zwecks Selbstversuchreportage auf die Suche nach einem Tantra-Workshop geschickt hatte und ich dabei auf einen Meister gestoßen war, der anbot, gegen sechzig Euro Gebühr die höhere Fellatio an seinem geweihten »Riesen-Lingam« (Zitat) zu erlernen. Statt diesen Workshop zu besuchen, war ich dann übrigens bei einem Partnerschaftsseminar des Berliner Beate-Uhse-Museums, bei dem es penisförmige Gummibärchen zu knabbern gab und uns mitgeteilt wurde, man solle verständnis- und rücksichtsvoll miteinander umgehen und die Wäschespinne nicht im Schlafzimmer aufstellen.

Ich stellte mir jetzt also in weißes Leinen gekleidete, entrückt lächelnde Menschen vor, die über esoterische Dinge nachdenken oder reden und dabei tief in ihre spirituellen Zentren atmen und inneres Licht sehen, während sie stundenlang sexuelle Positionen durchturnen, ohne dass ihnen dabei einer abgeht. Für mich keine besonders verführerische Vorstellung, denn ich bin ungeduldig und, was Genüsse jeder Art angeht, geradezu gierig. Längere und intensivere Orgasmen finde ich interessant, keine oder nur spätere reizen mich eher weniger. Außerdem gab es in meiner Teeniezeit eine Sendung, in der ein Pärchen, das auf dem Kopf, unter den Achseln und natürlich im Schritt medusig behaart war, tantrischen Sex vorführte, wobei sie Ewigkeiten nackt ineinander verknotet dasaßen, während ein ebenfalls nacktes Kleinkind um sie herumkrabbelte und die beiden schließlich – der Höhepunkt und damals ein Fernsehskandal – anpieselte.

Alle, die sich freuen, dass es jetzt endlich mal pervers wird, muss ich enttäuschen. Töpfchen-Erotik gehört zu den Dingen, die mich einfach nicht interessieren und über die ich weder schreiben noch nachdenken möchte – daran hat selbst die legendäre Szene in Oshimas *Im Reich der Sinne* nichts geändert, wobei hier die Geisha nicht pinkelt, sondern ejakuliert, auch wenn Fans des gelben Flusses ohne Wiederkehr das gern anders hätten.

Tantra, um auf das Thema zurückzukommen, war also keine Leidenschaft von mir, aber bei meiner Massage ging es ja nicht um einen Sex-Workshop oder spirituelle Grundlagen, sondern um Entspannung und vor allem: um meine »Yoni«. Schon bei diesem Wort fühlt sich keines meiner Körperteile angesprochen oder zuckt auch nur müde. Ich muss zugeben, dass ich Menschen, die eine Möse »Yoni« nennen, gerne unterstelle, dass sie ihre Radieschen streicheln, bevor sie sie in den Salat schnipseln, oder dass sie sich die Köpfe mit Alufolie umwickeln, damit die Aliens nicht ihre Gedanken lesen können.

Als mir eine ältere Frau in weißem Leinengewand (die Schwester von Rainer Langhans? Zumindest mussten sie den gleichen Friseur haben) die Tür öffnete und mir Frieden in Geist und Körper wünschte, schwante mir, dass hier zwei Welten kollidieren würden. Ich hätte sie gern einiges gefragt: Wie man zum Beispiel dazu kommt, beruflich fremde Menschen untenrum zu massieren. Ob sie selbst nicht mal gern schnell und schmutzig Sex hat, an die Wand gepresst, keuchend und ohne jede Erleuchtung. Und was eigentlich ihre Liebesgabe von profaner Prostitution wie etwa Handentspannung unterscheidet.

Die Frau lächelte milde, reichte mir ein Handtuch und zeigte mir die Dusche. Ihr Angebot, gemeinsam zu baden, lehnte ich ab. Ich finde, auch wenn es elitär und snobistisch klingt, dass bei sexuellen Dienstleistungen die Fronten klar sein müssen, von Fraternisierungen im Schaum halte ich nichts, und unterhalten möchte ich mich bei einer derartigen Geschäftsbeziehung auch nicht.

In ein Handtuch gewickelt betrat ich kurze Zeit später ein Zimmer, in dem rote Leinenvorhänge, Unmengen von Kerzen und Kissen eine gemütliche Atmosphäre schaffen sollten. Während ich noch überlegte, ob all diese Matten, Decken und Nackenrollen nach jeder Kundin gewaschen würden, sollte ich mich auf ein Laken legen, die Beine spreizen, die Augen schließen und tief atmen. Die Haltung kannte ich vom allmonatlichen Muschirupf bei meiner Depiladora und das Atmen vom Yoga. Zu tiefes Atmen beim Sex ist übrigens etwas, das ich wärmstens empfehlen kann, vorausgesetzt man liegt unten oder ist weich abgestützt, damit man sich nicht verletzt, falls einem dabei schwindlig wird. Vor allem in den letzten Minuten vor dem Orgasmus hat Überatmung den Effekt eines Grillanzünders: Es flasht doppelt so gut.

Massieren lasse ich mich gern und das nicht nur im klassischen Schulter-Nacken-Bereich. Wenn ich in einem Wellnessinstitut auf dem Bauch liegend geknetet werde, stelle ich mir gern vor, die robuste Mitfünfzigerin sei eine junge, schmale Thailänderin mit zarten Händen, die sich langsam zwischen meine Beine vorarbeitet und, ohne ihre streichelnden Berührungen zu unterbrechen, einen leicht vibrierenden Dildo in meine Möse schiebt, wo er leise weitersurrt, während sie sich dem Venushügel und der Poritze widmet. Liege ich dagegen auf dem Rücken, verwandle ich die weiß bekittelte Dame mit ihrem Bademeistercharme gern in einen nubischen

Masseur mit Riesenhänden und Busenfetischismus, der massenhaft Öl auf meinen Brüsten verteilt und sie kreisend verwöhnt, bis die Nippel ganz hart und empfindlich sind. Leider morpht meine Kneterin nie in die entsprechende Form, und die Wellnessanwendung bleibt immer im jugendfreien Bereich.

Aber das sollte bei dem Tantra-Selbstversuch ja anders werden.

Mit langsamen, leichten Berührungen arbeitete sich meine Meisterin von den Schultern über die Brüste und den Bauch, dann an den Schenkeln entlang zu meiner Intimzone vor, und allmählich ließ ich los, dämmerte ein bisschen und genoss es. Das Tolle am Tantra ist: Man hat Unmengen Zeit. Ich kann mich nicht erinnern, wann ich vorher schon einmal so lange so intensiv berührt worden bin – und vor allem ohne selbst etwas zu tun. Die Passivität war vielleicht die größte Erfahrung.

Irgendwann säuselte sie, sie werde jetzt in mich eindringen, und ich ließ sie, spürte ihren Finger, der sich in meine Möse vortastete, in sie hineinflutschte, ein zweiter folgte, füllte mich aus, während sie gleichzeitig meinen Kitzler stimulierte, nicht hektisch oder ehrgeizig mit einer Komm-komm-komm-Attitüde, sondern ganz ohne Hetze. Ich konzentrierte mich noch nicht einmal auf die hochsteigende Erregung, sondern ließ es einfach fließen. Irgendwann machte sich die alte vertraute Gier in mir breit. Ich stöhnte leise und presste mich ihren Händen in meiner Möse entgegen, und als ich kam, war es überraschend unaufgeregt. In einem kurzen, ganz klaren Moment staunte ich, dass so viel Aufwand so wenig Lust hervorrufen kann. Es war ein netter und angenehmer Orgasmus, aber nicht wesentlich anders, als wenn ich es mir schläfrig oder halbherzig selbst besorge. Kein Feuerwerk, keine ekstatische oder spirituelle Grenzerfahrung, keine Out-of-body-Experience.

Nachdem sie mich zugedeckt und den Raum verlassen hatte, legte ich die vereinbarte Summe unter eine Klangschale und zog mich an. Das Öl klebte unter meiner Kleidung. Ich hätte gern noch mal geduscht, hatte aber das Gefühl, dass das unerwünscht war.

Was dieses Erlebnis von Prostitution unterscheidet, weiß ich immer noch nicht. Und obwohl die Berührung und vor allem die endlose Zeit, die sie mir widmete, schön und angenehm war: »Yoni« werde ich weiterhin nicht sagen. Höchstens Radieschen streicheln. Die brauchen das ja auch mal, die kleinen geilen Dinger.

Mauken-Manie oder: Warum Schuhverkäufer doch ein geiler Job ist

Seit ich vor siebzehn Jahren das erste Mal in Berlin war, steht in der Stadtzeitung *Zitty*, einer Fundgrube für erheiternde erotische Kleinanzeigen, regelmäßig ein Inserat, in dem ein »mittelalter Mann« Kontakt zu »jungen Frauen mit verschwitzten Füßen, gern in Cowboystiefeln« sucht. Nun ist das nicht ganz so lustig wie das Begehren der Frau aus einer anderen Annonce, in der sie sich »drei stark gebaute Farbige« herbeisehnt, die sie gleichzeitig rannehmen und währenddessen ihren zum Zugucken verdammten und gefesselten »Ehetrottel verhöhnen« (Zitat). Trotzdem machen diese beiden Aufrufe deutlich, dass es auf sexuellem Gebiet neben dem, was angeblich alle wollen, immer auch noch das gibt, was angeblich kaum jemand will. Seien es nun Ehetrottel-Verhöhnungen oder eben die »Fisolenbrunst« oder die »Limburger Hitze«, wie der Flossen-Fetischismus früher genannt wurde und dessen prominentester Fan wahrscheinlich Quentin Tarantino sein dürfte – wobei nicht überliefert ist, ob er sich hauptsächlich für Foot Jobs (das Stimulieren des Schwanzes durch Füße) oder Crushing (Zertreten von Gegenständen) oder Trampling (Vorsicht bei Nieren und Wirbelsäule!) interessiert.

Die Begeisterung für qualmende Quanten kann so selten nicht sein, wenn man sich die Prospekte und Internetseiten der großen Ehehygiene-Institute ansieht, die neben Vibratoren und Peitschen auch bergeweise Schuhe, Stiefel und Strumpfhosen anbieten.

Und wer sich immer schon gefragt hat, warum Pornostars beim beruflichen Sex die Schuhe anbehalten, hier die Erklärung, die ich auf einer Party von einem Starlet erhielt, das sich mittlerweile aus dem Muschi-Zirkus zurückgezogen hat: Mit der Befriedigung eventuell zuschauender Schuh- und Fußfreunde hat das nichts zu tun, sondern mit den entstellten Füßen der Darstellerinnen. Wer von euch Jungs immer noch nicht weiß, was das dauerhafte Tragen von High Heels bei Frauenfüßen anrichtet, der google doch bitte einfach mal »Victoria Beckham« und »Füße«.

Und wer sich gern von fußerotischen Filmen anregen lassen möchte, dem empfehle ich japanische Pornofilme. Da gibt es nämlich ein eigenes Genre, und in diesen Filmen sieht man ausschließlich männliche Gesichter, die von Frauenfüßen berührt und getreten werden.

Auch Ornithologen mit derartigen Neigungen kommen auf ihre Kosten, zumindest wenn sie Tölpel beobachten (die Vögel, nicht den minder intelligenten Schorfkopf in der Eckkneipe, der seit einer halben Stunde versucht, mit Häschenwitzen die Schankwirtin Margit aufzureißen). Bei dieser Gattung werden nämlich die Weibchen in der Balz besonders von den blauen Patschen der Männchen betört. Je blauer, je lieber. Und wo wir schon im Tierreich sind: Bonobos, die an sich alles rammeln, was die Schöpfung hergibt, haben diese Vorliebe erstaunlicherweise nicht, obwohl sie sonst mehr Praktiken ausüben als Mick Jagger in seinen wildesten Fantasien.

Meine eigenen Erfahrungen als Fußfetischismus-Objekt sind eher begrenzt. Zum einen gab es da den Orthopäden, bei dem ich als Kind war, einen riesigen, bulligen Mann mit quadratischem Schädel und dröhnender Stimme, in dessen Sprechzimmer ich mit ausgestreckten Beinen auf einer Liege saß, während er meine Unterlagen las und dabei gern schon mal seine Pranken auf meine Knöchel legte und vor sich hinmurmelte: »So kleine Füßchen, so süße kleine Füßchen.« Später mischte sich sein persönliches Entzücken mit beruflichem Interesse, als er feststellte, dass meine Füße übermäßig biegsam sind, was ja toll wäre, wenn ich Balletttänzerin hätte werden wollen, jetzt aber nur lästig ist, weil ich oft mit eher weniger Grazie umknicke. Als ihm neben dem Tätscheln und Murmeln auch mal ein Stöhner entfuhr, wechselte ich den Arzt. Meine zweite Erfahrung als Objekt der Begierde machte ich mit einem Schuhverkäufer, der mich in ein Paar schwindelerregender High Heels schnürte, sodass sich mein ohnehin extrem hoher Spann weit nach vorn wölbte und er mich flüsternd fragte, ob er davon ein Foto mit dem Handy machen dürfte. Irgendwo in einer Keller-wohnung in Köln-Nippes masturbiert jetzt also ein ein-samer Schuhverkäufer unter der IKEA-Bettwäsche zu einem Handyfoto von meinem linken Fuß. Möge er da-nach befriedigt ruhen.

Ich selbst habe keine erotische Beziehung zu ander-leuts Füßen, wohl aber eine innige, wenn auch plato-nische, zu meinen eigenen. Mit einer gelungenen Fuß-massage, bei der ich mich wohlig schnurrend hingeben kann, stimmt man mich sehr milde. Reiben, Drücken, Kneten und Abtasten finde ich ganz wunderbar, und wenn ich mir einen perfekten Mann backen dürfte, dann hätte er neben allem anderen, was so ein Prinz hat, auch ein Faible für meine Füße. Übrigens ist das eine Sache, mit der Männer bei Frauen so richtig punkten können: Sitzt sie gestresst, müde, maulig oder verspannt neben ihm auf dem Sofa, nimmt er ganz nebenbei ihre Füße auf seinen Schoß, zieht die Noppensocken aus oder was die Liebste eben zu Hause trägt (und da Frauen immer, immer, immer kalte Füße haben, sind das ja wahrscheinlich dicke Socken), und streichelt ihr die Füße. Das Erste, was in so einem Fall bei der Frau passiert, ist Überraschung. Dass er überhaupt so etwas Uneigennütziges tut, dass er so beherzt zufasst, dass er nicht vorher ein Fußbad anordnet, sondern sich einfach, quasi karitativ, um ein vernachlässigtes Körperteil kümmert, rührt uns. Das Zweite, das einen durchflutet, ist grenzenlose Entspannung und Intimität. Und das Dritte schlichte Dankbarkeit. Die schlägt dann im besten Fall in Geilheit um. Lutschen an den Zehen und Lecken dazwischen brauche ich persönlich nicht zum Glücklichsein, aber da ist sicher jede Frau anders.

So weit zu den Frauenfüßen. Gibt es eigentlich auch Frauen, die auf Männerfüße stehen? Oder schwule Männer, die auf Männerfüße stehen? Oder Transvestiten, die auf Männerfüße in Nylonstrümpfen und Lackpumps stehen? Falls das nicht so verbreitet ist, liegt es vielleicht daran, dass Männermauken oft ein Krisengebiet auf der Körperlandkarte darstellen? Jungs, wenn ihr Füße habt wie der Baumrindenmann mit Biotonnenaroma, dann geht zur Pediküre! Lasst euch die Bratzen hobeln und die Nägel nicht nur schneiden, sondern auch an den Ecken rundfeilen. Lasst euch die Hufe peelen, cremen und pudern. Und rasiert euch die Borsten auf dem dicken Onkel! Mangelndes Haupthaar auf dem Kopf ist nicht durch eine Britpopfrisur auf den Zehen auszugleichen! Einen Profi ranzulassen bringt euch gleich zwei Vorteile: Zum einen freut sich eure Partnerin über seidenweiche Tatzen, deren Nägelecken nun nicht mehr ihre Waden im Bett aufschlitzen werden. Zum anderen bedeutet der Besuch bei einer Pediküre, die auch noch Reflexzonenmassage anbietet, dass ihr regelmäßig von einer fremden und bestenfalls

scharfen Frau an einer sensiblen Stelle verwöhnt wer-
det – und eure Partnerin zu Hause ist deswegen nicht
mal beleidigt.

Wie ihr die sexy Pediküre eurer Wahl findet? Gebt doch
einfach eine Anzeige auf, vielleicht nicht gerade in der
Rubrik des Ehetrottels.

Sophie on tour: Urlaub im Pärchenhotel. Ein Erfahrungsbericht

Hotelsex ist ein Geschenk der Fraugöttin an die gebeutelte Menschheit. Wenn ich ein Hotel betrete, gebe ich allen Ärger und Stress beim Rezeptionisten ab und schreite auf flauschigen Teppichen in eine Welt schnurrigen Wohlbehagens. Abends ein Glas eiskalter Weißwein im Jacuzzi, frisch gebackene Pancakes zum Frühstück, gefolgt von einer Lomi-Lomi-Massage und Angestellten, die mit der Demut eines latexknirschenden Sklavius »Ja gern« oder »Ja sofort« sagen.

Und als wäre das alles nicht schon schön genug, gibt es dazu noch den Hotelsex, der so wunderbar entspannt und leichtfüßig, experimentierfreudig und ganz auf die Lust konzentriert ist. Dabei ist es übrigens fast egal, ob man im Ritz absteigt, wo es einen Badebutler gibt, der Rosenblüten in die Wanne streut, oder im Etap an der Autobahnausfahrt, in dessen Plastikcharme ich mich immer fühle wie ein zum Leben erwachtes Playmobilmännchen. Hotelsex hat zwei entscheidende Vorteile: Erstens passiert er nicht zu Hause, und zweitens kann man sonst in Hotelzimmern eigentlich nichts Gescheites tun. Das ist die aphrodisierende Wirkung von Heterotopien! Und wenn nebenan noch ein Paar schreit, fiept und grunzt wie ein ganzer Streichelzoo, dann freue ich mich über Architekten, die Hotelzimmer eben nicht schalldicht konzipieren.

Ich dachte mir also, wenn mir »normale« Hotelzimmer schon so viel Spaß machen, dann müsste doch ein Romantikhotel der Brüller werden. Also stattete ich mich mit dem Nötigsten aus: neuen Sextoys, einige Pornos und einem Mann, der nicht nur gut fickt, sondern auch noch in der Bar schick aussieht und mich beim Frühstück nicht langweilen wird. Verreisen stellt ja eine Zerreißprobe für jede Beziehung dar. Wellness ist zum Beispiel mit den wenigsten Männern entspannt möglich. Bei Massagen diskutieren sie mit ihrem Knetknecht über die richtige Presstechnik. Weder Sauna noch Dampfbad noch Eisdusche machen sie hart und heiß. Beim Rasulbad beschweren sie sich, sie sähen aus wie ein mit Kreide eingeschlammtes Gürteltier (stimmt ja auch), und Kosmetikanwendungen finden sie unmännlich – als wäre es männlich, Mitesser auf dem Kinn und eine Haarraupe über der Nase zu haben. In der Hotelbar wollen sie nicht tanzen, dafür futtern sie Erdnüsse, was zusammen mit Bier einen fürchterlichen Verwesungsgeschmack beim Küssen ergibt, und beim festlichen Essen zerren sie wie Gehängte an ihren Krawattenknoten, während wir Frauen korsettiert und bestrapst auf halsbrecherischen High Heels alle Klamottenqualen aushalten, um einen erbaulichen Anblick zu bieten.

Wir checkten in einem Hotel ein, das alle Voraussetzungen für erregende Nächte und Tage bot: eine große Blubberbadewanne, einen Kamin, ein riesiges Bett. Jacuzzis, das möchte ich mal allen Hotelplanern zurufen, werden leider überschätzt. Sie machen nur Spaß, wenn sie groß genug sind, dass man darin auch vögeln könnte. Eingetuppert einander gegenüberzusitzen hat ungefähr denselben Thrill, wie seinen Hintern in eine Schüssel Mineralwasser zu halten. Und die Bubbles müssen richtig warm sein! Laue Luft im Whirlpool ist nicht libidofördernd. Eine sexy Beleuchtung suchte man auch in diesem Zimmer vergebens, obwohl es wenig kosten kann, einfach mal eine rote Glühbirne irgendwo einzuschrauben, aber als Hotelsex-Fan hat man so was griffbereit im Gepäck. Natürlich gab es auch in diesem »Romantik«-Hotelzimmer keinen Sextoy-Automaten. In japanischen Love-Hotels gehört das zum Standard, und das sollten wir in Europa uns abgucken! Unterwegs zu sein erhöht die Neugier auf exotische Dinge, und wieso sollte frau nicht den eigenen Elektrozoo komplettieren. Diesmal dabei: der »Sqweel«, seines Zeichens erster Leckomat für Cunnilingusfreuden ohne Partner, dann der »Ocean«, ein kleiner, wellenförmiger Vibrator, und der »Rocks off 4 US«, ein Cockring, der beiden Spaß machen soll.

Auf den »Sqweel« hatte ich mich sehr gefreut, denn geleckt werden gehört zu meinen absoluten Favoriten im Bett. Leider taugte er nichts. Das Schlappen der Gummizungen fühlte sich zunächst passabel an, wurde aber schnell langweilig. Und vor allem war es kalt. Durch die Schaufelradbewegung wurde immer auch etwas Luft mitgefächelt, und das führte zu Zugluft im Muschital. Wir haben es unter der Bettdecke versucht, mit angewärmtem Gleitgel und den Leckomat auch eine Weile auf die Heizung gelegt: Es half nichts. Dieses Toy landete direkt im Hotelzimmermülleimer. Der »Ocean« wiederum ist ein Klassiker. Ich bin ja ein Fan von eher schmalen Vibratoren, und dieser hat endlich mal einen guten Umfang auch bei trocken begonnenen Solo-Quickies. Die große Welle fickt, die kleine stupst die Klitoris oder umgedreht das Poloch an, das ist sehr nett und geht immer. Der Cockring folgte dem »Sqweel« in den Müll: nutzlos, unbequem, spaßfrei.

Dann die mitgebrachten Pornos: *9 Songs*, als Frauenporno angepriesen. Schöne Menschen, schöne Liebesgeschichte, nicht sehr erregend. *A Real Swinger's Orgy*: Das hätte geil werden können. Leider plant ein Typ im Morgenmantel stundenlang eine Party und telefoniert Dutzende seiner Kontaktdaten durch, bevor es überhaupt losgeht. Dann wird zwar Ewigkeiten gefickt, aber es bleibt trotzdem langweilig. Und schließlich *9 to 5. Days in Porn*: eine Dokumentation über den Alltag von Hardcore-Darstellern, in der man wirklich etwas Neues erfährt und nicht immer die gleichen abgenudelten Klischees zu sehen bekommt. Faszinierend und höllisch interessant, aber leider echt abturnend. Einige Szenen sind so ekelerregend, dass ich hoffe, ich muss zukünftig beim Vögeln nicht daran denken. Nach dieser Doku weiß man, worüber sich Alice Schwarzer aufregt. Für mich sind ja Pornofilme einfach Filme, in denen gefickt wird, und in diesem Sinn bin ich eine überzeugte Pornografin. Leider haben einige aus diesem Genre mit Menschenwürde oder Lust nichts mehr zu tun, und dafür fehlt mir jedes Verständnis. Cineastisch ist *9 to 5* unbedingt zu empfehlen, libidinös eher nicht.

Zurück zum Romantikhotel. Wer kennt das Gefühl, im Kino neben einem heftig stöhnenden, schlabbernden, offensichtlich kurz vor dem Knock-out knutschenden Pärchen zu sitzen? Zuerst ist das ganz lustig, sexy vielleicht auch, wie der Typ unter dem Rock seiner Freundin rumfummelt. Aber dann beschleicht einen das schale Gefühl, dass nebenan die Post abgeht und bei einem selbst das Popcorn das Heißeste während dieses Films bleiben wird. So in etwa sind Pärchenhotels. Händchen haltende Middleager, wohin man sieht. Tief ins Gespräch und in die Augen des anderen versunken, sich gegenseitig mit Dessert fütternd oder kichernd und giggelnd im Whirlpool – ziemlich verkrampft und inszeniert. Guckt alle her, wir haben noch Spaß miteinander! Und dabei wirkt die vom Hotel angebotene Romantik so keimfrei und keusch, denn es gibt ausgewiesene »Kuschelinseln« am Pool, weinblätterumflorte Sitzecken, Partnermassage im Hamam, aber der Nacktbadebereich ist dann so groß wie ein Kaninchenstall und streng abgeschirmt vom Rest der Gäste. Pärchenhotels sind eine für mich unbefriedigende Zwitterform: nicht richtig sexy und nicht entspannt. Wieso gibt es zum Beispiel kein Massageöl bei den Kosmetik-Goodies auf den Zimmern oder Gleitgelproben oder ein Toy auf dem Kopfkissen statt der unvermeidlichen Gummibärchen? Wieso wird im Wellnessbereich nicht neben Ayurveda und Shiatsu auch Tantra angeboten? Wieso überlässt man es nicht einfach den Gästen, ob sie mit oder ohne Textil ins Wasser gehen? Wieso hängen an den Wänden Landschaftsaquarelle und keine erotischen Fotografien? Wieso gibt es weder sexy Bücher noch eine vernünftige Auswahl an Pornofilmen? Ich glaube, ich muss einfach einen Gang hochschalten und die nächste Reise in ein erotisches »Hideaway« buchen, in eine explizite S/M-Wohnung vielleicht oder eines dieser Swinger-Hotels, in denen es statt Disco einen Darkroom gibt.

Oder ich schnappe mir einfach einen scharfen Mann oder eine heiße Freundin und checke in irgendeinem schönen, luxuriösen Hotel ein, das nicht groß mit »Romantik« wirbt. Denn letztendlich macht man sich die immer noch selbst.

Mehr Kunst. Mehr Hirn.
Mehr Sex

Man kann nicht immer nur ficken. Manchmal braucht man mehr fürs Herz oder fürs Hirn. Im ersten Fall hilft der Partner, die beste Freundin oder das Haustier und im zweiten der Kulturbetrieb. Bildende Kunst finde ich wunderbar, auch Kino, Oper, Bücher oder Fernsehen, und Berlin ist ja Göttin sei Dank eine Stadt, in der man sich fast rund um die Uhr amüsieren kann – was gut ist, wenn man einen Job mit relativ freier Zeiteinteilung hat und einem die Provinzkultur vorkommt wie der Bällepool im IKEA-Kinderparadies.

Problematisch wird das Angebot dann, wenn mich ab und zu das Verlangen packt, meine Leidenschaften zu vermischen und ich mich auf die Suche nach erotischer Kultur oder Unterhaltung begebe. Denn es sieht doch so aus: Entweder ist ein Roman, ein Film, ein Gemälde oder ein Foto geil – oder es ist künstlerisch gut. Beides geht irgendwie nicht zusammen. Sobald es zu ambitioniert wird, schaltet sich das Oberlehrer-Hirnareal an und reflektiert vor sich hin, und dann ist nicht genug Blut übrig für die Muschi einige Etagen tiefer. Das Hirn ist eben nur dann das größte Lustorgan des Menschen, wenn es ans Vögeln denkt. Ein Gehirn, das über Zwölftonmusik brütet, läuft vielleicht heiß, den dazugehörigen Körper lässt das aber kalt.

Selbst bei einem von mir so geschätzten Künstler wie zum Beispiel Jan Saudek, der sich explizit für sexuelle Themen interessiert und die auch sehr drastisch verarbeitet, gehen Kunstgenuss und Lust nicht zusammen. Künstlerisch finde ich ihn großartig, bewegend und sogar erregend. Bloß masturbieren könnte ich vor seinen Werken nicht.

Das Erotikmuseum in Hamburg hängt voller toller Bilder: nackte Maiden auf Kanapees, Paare in Lack und Leder, Fotos vom letzten Sodomie-Selbstversuch, manches ist richtig gut. Aber feucht wurde ich erst, als mein Date, eine befreundete Kunsthistorikerin, die mir eine Privatführung versprochen hatte, sich eng hinter mich stellte und mir vorschlug, gemeinsam auf der Besuchertoilette zu verschwinden, um ein bisschen zu fingern.

Ganz schlimm finde ich erotisches Kunsthandwerk. Wie viele Vagina-Abdrücke in Gips, Fimo oder Schokolade muss ich noch sehen? Muss wirklich jeder, der einen Pinsel oder ein Airbrushgerät besitzt, Bodypainting betreiben und Blütenkelche auf Brüste sprühen? Bilder, die auf Motorhauben von Trucks knackig aussehen, wirken auf Gertruds Hüftgold eher teigig. Nichts gegen die VHS, aber die Kunstkurse sind doch was für Menschen, die zu Hause niemanden zum Schnorcheln haben.

Dann lieber ins Kino. Ein Film wie *Shortbus* (den verschenke ich dauernd an Freundinnen und tolerante Paare) ist eine echte Entdeckung, macht mich aber trotz der Hardcore-Fickszenen und der wirklich originellen Einfälle nicht wirklich an. Und die sexy TV-Produktionen gehen einfach nie weit genug. Meine absolute Nummer eins ist zurzeit die rattenscharfe und extrem lustige Serie *Californication*, in der David Duchovny, den wir früher schon bei seiner *Akte-X*-Ufojagd angesabbert haben, die Rolle seines Lebens spielt und den versoffenen, sexsüchtigen Autor gibt. Von weiblicher Ejakulation bis zum Analbleaching wird hier alles angesprochen, was *Sex and the City* nicht zu sagen wagt. Und Mr. Duchovny ist dermaßen heiß, dass man ständig »Nimm mich!« rufen und sich am Bildschirm schubbern möchte. Auch sehr schön: *Queer as Folk*. Leider schwul. Also leider für mich, denn die Sexszenen sind mit das Beste, was ich im FSK-16-Bereich je gesehen habe. Warum kriegen Heterofilme so was nicht hin?

Bücher dagegen können das. Da gibt es Romane, die sind nicht nur genial geschrieben, sondern auch wirklich masturbationstauglich. An dieser Stelle danke ich Philip Roth für jedes Buch, das er je geschrieben hat, und drücke ihm beide Daumen, dass er den längst überfälligen Nobelpreis bekommt. Wahrscheinlich ist das aber nicht, denn wenn die Kommission seine Romane aufklappt und liest, wie ein Held abwechselnd mit einem Stück roher Leber und den BHs seiner Schwester masturbiert, gefolgt von der göttlichen Szene, in der ein anderer Held mit der Hämorrhoidencreme auf dem Toilettensitz eines Teenagers onaniert, gefolgt von der Szene, in der ein weiterer Held ausnahmsweise gar nicht onaniert, sondern sich stattdessen in eine riesige, weiche Frauenbrust verwandelt, dann fehlt der schwedischen Akademie dafür wohl nicht nur der Humor, sondern auch das Verständnis.

Und Musik ist ein ganz heißes Pflaster. Lesen kann man immerhin allein, Musik muss sich der Partner mit anhören, zumindest wenn man sie beim Sex laufen lässt, denn währenddessen Kopfhörer zu tragen wäre nicht nur unbequem, sondern echt strange. Musik direkt beim Vögeln stört sowieso mehr, als sie nützt. Da möchte ich nur Gestöhne hören und das Geschmatze der Geschlechtsorgane. Aber vorher, beim Knutschen oder Fummeln, liebe ich hauchende, suizidal lüsterne Frauenstimmen mit lethargischer, minimalistischer Musik, Sophie Hunger singt so was, Cat Power, Angela McCluskey oder Melody Gardot. Und während ich zerfließe vor Hingabe, windet sich mein Liebster, bis er es dann nicht mehr aushält und sagt: »Mach endlich die Whiskas-Dose auf, damit sie aufhört zu miauen.« Und die magische Stimmung ist futsch.

Den Körper macht eben weniger das Geistvolle an, sondern meistens ein anderer Körper, also sollte man kunstvolle Massagen vielleicht mit in diese Sammlung von erotischer Unterhaltung aufnehmen. Ebenfalls eine sehr gelungene erotische Kunstform ist für mich ein guter Strip, ein Lapdance, auch eine Kautschuknummer, wenn sie nicht so freakig daherkommt, dass mir solidarisch die Bandscheiben rausspringen beim Zusehen, und vor allem natürlich Burlesque, denn da wird es außer nackt und heiß zudem noch witzig. Immer sehenswert sind zum Beispiel die Revuen in der »Kleinen Nachtrevue« in Berlin, die eine Mischung aus buntem Theater, nackten Tatsachen und Hinterhofcharme bieten.

Amüsant finde ich das Hobby, das ich mir vor einiger Zeit zugelegt habe, wobei ich bisher noch niemanden getroffen habe, der diese Leidenschaft teilt. Ich sammle nämlich Dinge, die wie erotische oder obszöne Kunst aussehen, es aber nicht sind. Angefangen hat alles mit einem geerbten Buch, bei dessen poetischem Titel *Die Stute Deflorata* ich an einen Porno dachte, bis sich dann herausstellte, dass es wirklich bloß um ein Pferd geht. Meine neueste Errungenschaft ist eine kleine Metallplatte, aus der zwei Brüste herausgestanzt sind. Sieht aus wie ein Busenobjekt zur Verlustierung, ist aber eine Votivgabe, also ein Objekt, das man zum Beispiel in der katholischen Wallfahrtsstätte Lourdes an die Mauer nageln kann zum Dank dafür, dass ein Gebrechen genau dieses Körperteils durch ein Wunder geheilt wurde. Eine Votivgabe in Mösenform suchte ich bisher vergeblich.

Ich jedenfalls werde weiterhin pilgern: durch die Museen, über Flohmärkte und in Stripklubs, zu den stiefmütterlich aufgestellten Erotikregalen im Buchhandel und zu Poledance-Workshops, denn Anregung kann man nie genug haben. Auch mehr Hirn ist immer besser. Und mehr Sex sowieso.

Das Tier mit den drei Rücken

Sechs Beine im Bett deuten nicht unbedingt auf Ungeziefer hin. Im besseren Fall gehören die anderen vier zwei sehr netten sexy Menschen, und zu dritt erlebt man eine Nacht voller Stöhnen, Schreien, Wimmern und all dieser Urwaldgeräusche, die man so macht, wenn es horizontal gerade besonders hitzig ist. Ob Wonne oder Wanze, das liegt wie immer beim Sex größtenteils in der eigenen Verantwortung, wobei einem schon bewusst sein sollte, dass dreifache Lust auch dreifache Komplikation bedeuten kann, denn wie alles im Leben wird eine Sache nicht unbedingt einfacher, wenn mehr Menschen beteiligt sind – da unterscheidet sich die Organisation des Weihnachtsabends nicht vom Rudelbums. Aber witzig kann es mit mehr als zwei Beteiligten durchaus sein, und wer will es schon immer einfach haben. (»Nichts ist einfach außer Jammern« – das steht auf einem Post-it, das seit Jahren an meiner Schreibtischlampe klebt. Gut, da klebt auch ein anderer Zettel, der sagt: »Mach es, wie zwei Schnecken ficken: langsam«, aber das bezieht sich eher auf meine Jetzt-gleich-sofort-Mentalität und ist ein ganz anderes Thema.)

Bei einem Dreier denken die meisten an ein sexuell experimentierfreudiges Paar, das sich ein Playgirl zum Spielen mit dazunimmt. Nach meiner Erfahrung kann ich nur sagen: Paare sind Paare, weil es zwei sind. Hände weg vom Dreier. Paare machen nur Probleme – und zwar egal, ob man Bestandteil der festen Beziehung oder die eingeflogene Touristin im Land der Lust ist. Wenn man seine Befriedigung nicht in einer totalen Dienstleistungsmentalität findet und gerne die selbstlose Samariterin gibt, hat das Liebesglück mit einem Pärchen schnell einen faden Beigeschmack. Es fallen zum Beispiel Scherze, die man nicht versteht. Die beiden nennen sich »Pupsiebär« und »Chocie«, wissen, wo genau die Gleitcreme im Nachttisch liegt und dass er es hasst, in die Brustwarzen gebissen zu werden. Man fühlt sich da schnell wie ein neues Sextoy, das abgeschaltet wird, sobald es seinen Zweck erfüllt hat.

Ist man wiederum die Partnerin und teilt den eigenen Mann plötzlich mit einer fremden Frau, ist das ebenfalls nicht ohne. Sieht sie nackt besser aus als ich? Stöhnt sie lauter? Macht, kann oder genießt sie etwas, das ich immer lieber ablehne? Gibt es eine magische Verbindung zwischen ihr und meinem Mann, die mir gefährlich wird? Wie werden wir sie nachher höflich wieder los?

Das heißt aber nicht, dass flotte Dreier nicht schön wären. Sie können großartig und flashend sein, vor allem wenn man wie ich bisexuell ist und das endlich mal gleichzeitig ausleben darf. Die Fremdheit eines Männerkörpers mit den starken Armen, dem Geruch, der mir die Nackenhärchen aufstellt, und natürlich seinem Penis auf der einen Seite des Kissens. Und auf der anderen eine weiche, duftende Frau mit ihrer zarten Haut, ihren Brüsten und ihrer feuchten Spalte. Überall Hände, Finger und Münder, die tasten, reiben, eindringen, lecken. Außerdem schätze ich sehr die Spielarten, für die zwei einer zu wenig ist, wie zum Beispiel gevögelt und dabei geleckt zu werden. Oder a tergo zu ficken und dabei jemanden, der unter mir liegt, küssen zu können. Im Dunkeln nicht zu wissen, wer von beiden einen gerade streichelt, den unmittelbaren Vergleich zu haben und bei beiden Körpern das Schönste zu genießen, das ist schon ein Thrill, der sich kaum überbieten lässt.

Wirklich enthemmt und sorglos, also ohne irgendwelche emotionalen oder sonstwie verstörenden Konsequenzen, empfinde ich einen Dreier aber nur, wenn er ein One-Night-Stand ist mit zwei anderen Leuten, die sich gegenseitig nicht besser kennen als mich. Drei Singles, die in einer Bar anfangen, umeinander herumzutanzen mit Blicken, Gesten, Worten. Die alle drei neugierig und erregt sind und eine ganze Weile lang nicht wissen, ob sie es wirklich tun werden – das ist die perfekte Ausgangssituation und viel kribbelnder als das Bewerbungsgespräch zwischen einem Paar und einer potenziellen Sex-Kombattantin, die daraufhin abgecheckt wird, ob von der Körbchengröße über den IQ bis zur Postleitzahl auch alle Daten perfekt passen.

Ich unterscheide übrigens moralisch nicht zwischen einem »weichen« Dreier (zwei Frauen, ein Mann) und einem »harten« Dreier (eine Frau, zwei Männer), aber mir persönlich ist der weiche lieber, und zwar deshalb, weil viele Männer sich zwar für erotisch unverkrampft und aufgeschlossen halten, bei einem anderen männlichen Körper aber schnell in Schnappatmung und Leichenstarre verfallen. Ein harter Dreier erscheint mir nur interessant, wenn die Jungs genauso viel Interesse an sich haben wie an mir. Die Lust muss im Kreis fließen, sonst ist es bloß Frauentausch, und wie öde das sein kann, wissen wir aus der gleichnamigen RTL-2-Serie. Ein Doppeldecker oder eine Triade ist also, wenn man denn die Ameise gern ficken oder die Erbse quer spalten möchte, im Grunde genommen gar kein Dreier, sondern zwei Männer, die es mit derselben Frau treiben. Tun sie das auch noch gleichzeitig und begeben sich in die Sandwichposition, hat das nach meinem Empfinden mehr mit sexueller Artistik oder Hochleistungssport zu tun als mit Lust.

Und auf solche Geschichten wie Doppelanal will ich jetzt nicht weiter eingehen, denn ich glaube, dass sich diese Praktik ein sehr gelangweilter, tendenziell eher misogyner, käferartig aussehender und unter den Armen miefender Zeitgenosse ausgedacht hat. Sollte es tatsächlich weibliche Fans dieser Praktik geben, freue ich mich über aufklärende Widerspruchmails und gebe ihrem Treiben meinen Segen. Wer sich gern von einer deutschen Eiche bis zum Muskelfaserriss pfählen lässt: bitte. Ich bezweifle aber, dass das so weit verbreitet ist, wie man glauben könnte, wenn man sich auf dem Pornomarkt umsieht. Zwei Schwänze im Arsch, im Ohr oder in den Backentaschen haben genauso wie eingeführte Baseballschläger und ähnliche Extremficks mit Sex und Spaß eher weniger etwas zu tun, sondern mit Männern, die einen an der Klatsche haben, und mit Frauen, die sonst ihre Drogen nicht finanzieren könnten. Und selbst wenn sich jetzt hier jemand aufregt und mir verklemmtes Gegeifer vorwirft, bleibe ich dabei: Nur weil sich etwas anatomisch machen lässt, heißt es nicht, dass man es unbedingt machen muss. Und nur weil man eine Erotikautorin ist, bedeutet das nicht, dass man alles supi und geil zu finden hat.

Aber zurück zum flotten Dreier, der sehr flott sein kann, wenn er ordentlich Fahrt aufgenommen hat und sich alle Beteiligten amüsieren. Dabei gelten zwischen drei (oder vier, oder fünf ...) Menschen die gleichen Regeln wie zwischen zwei: Verhandelt wird vorher. Safe ist nur safe, wenn alles safe ist. Wer nicht will, hat recht. Und die Schokolade auf dem Kopfkissen (wenn man es denn in einem Hotelzimmer veranstaltet) gehört den Mädels. Eigentlich doch gar nicht so kompliziert. Ist das alles klar, steht einer Mach-3-Beschleunigung in Sachen Ekstase nichts mehr im Wege.

Sex am Ohr. Und Geröchel

Die gute Nachricht zuerst: Wir Frauen reden gern. Die noch bessere Nachricht gleich hinterher: Wir reden auch gern über Sex. Und das ist überhaupt die allerbeste Nachricht: Sagenhafte vierunddreißig Prozent aller Frauen, so stellte sich in einer Umfrage heraus, würden gern Telefonsex haben. Kein Wunder, denn telefonieren ist eine extrem intime Situation, und das lieben wir. Außerdem schätzen wir es, wenn der Mann sich mit uns beschäftigt, und zwar gern auch, wenn er gerade gar nicht leibhaftig anwesend ist. Jungs, kümmert euch, bemüht euch, verehrt uns, huldigt uns. Und unserer Klitoris. Denn hat *die* gute Laune, verhält sich auch ihre Besitzerin viel weniger zickig als gewohnt. Mit einer Kombination aus Cunnilingus, Schokolade, Fußmassage und Lobpreisungen kriegt man mich zu fast allem, aber das ist ein anderes Thema.

Ich nenne es Ohrensex, und damit meine ich nicht irgendwelche merkwürdigen Besamungspraktiken aus japanischen Pornos. An dieser Stelle grüße ich die Kois, die in derartigen Filmen auch schon mal für vaginale Penetration herhalten müssen, wobei mir einfällt, dass es in Deutschland einen Tierarzt gibt, der sich auf Migränemassage bei diesen Luxuskarpfen spezialisiert hat. Es gab mal eine Reportage im Fernsehen darüber, und ich habe mich direkt gefragt, wie es wohl ist, von so jemandem angegraben zu werden: »Hallo, ich bin Bernd, ich bin Koikarpfen-Migräne-Masseur.« Dann doch lieber ein Date mit einem Elefantenonanierer – auch das gibt's –, der hat wenigstens warme Hände, aber ich schweife ab. Bevor der Ohrensex so richtig zur Sache kommt, sollte man allerdings erst das Freizeichen beim Partner abwarten. Ich hatte einen Liebhaber, der war live der Burner, fantasievoll, gutes Timing, einfühlsam und technisch versiert. Aber stumm wie Salm auf dem Brunchbüfett. (Schon wieder Fisch, und mir fällt ein, dass bei Domian mal einer anrief und behauptete, durch die Bewegung der Schwanzflossen seiner Zierfische im Aquarium sexuell erregt zu werden.) Da war nichts zu machen. Und als ich ihm anlässlich einer längeren Reise scherzhaft Telefonsex vorschlug, sah er mich an, als hätte ich gefragt, ob ich mir als Andenken seine Klöten übers Bett tackern darf.

Andere waren entgegenkommender, und auch das führte zu Missverständnissen. Da fragte ich ganz harmlos am Telefon: »Was hast du an?«, und er sagte: »Oh,

Babe, ich hab hier einen Ständer für dich, der ist so hart.« Doof, dass gerade seine Mutter neben mir stand und mithörte und ich eigentlich nur wissen wollte, ob wir uns für das anstehende Abendessen in Gammellook oder große Garderobe werfen sollten.

Hat man sich aber darauf geeinigt, dass es eine Hotline werden soll, darf man schon auch ein bisschen lügen, um in Stimmung zu kommen. Auf die Frage: »Was machst du gerade?« ist es doch netter zu behaupten, man sei gerade aus der Dusche gestiegen und trockne sich vor dem großen Schlafzimmerspiegel ab, als die Wahrheit zu sagen, dass man nämlich gerade das Katzenklo ausschippt, den Gefrierer abtaut oder einen Brief ans Finanzamt schreibt. Schweinigelt man mit einem Unbekannten, zum Beispiel via Flirtline, ist Lügen ohnehin Pflicht. Niemand will wissen, wie man in Wirklichkeit aussieht. Natürlich bin ich zwanzig, habe einen großen Naturbusen und eine Taille wie Lara Croft, Haare bis zum Po und bin dauernd, ständig, immerzu feucht. Und er am anderen Ende der Leitung ist doch bitte Kent Nagano in einer jüngeren Ausgabe mit weichem, kinnlangem Haar und wunderschönen, feinnervigen Händen. (Warum, wo wir eben schon bei japanischen Pornos waren, gibt es eigentlich keinen Hardcorefilm mit einem asiatischen Hauptdarsteller? Ich kann doch nicht die Einzige sein, die Männer wie Tony Leung Ka-Fai – der Hauptdarsteller aus *Der Liebhaber* – rattenscharf findet.) Natürlich wissen beide,

Lara Croft und Kent Nagano, was das bedeutet: Sie ist eine hagere Enddreißigerin mit hennagefärbter Ökofrisur und Gesundheitslatschen, und er frisst eingeklemmt hinterm Lenkrad Boston Cream Donuts aus der Vorratspackung.

Peinlich wird die Inszenierung dann, wenn man versucht, die professionelle Phone-Bitch zu geben. Dass jemand nach einem simplen »Ich zieh dich jetzt aus« wirklich stöhnen und röcheln möchte wie ein bronchialkranker Bernhardiner, gibt es wohl eher selten.

Nicht alle Menschen sind von Natur aus verbalerotisch veranlagt und genießen es zu sauigeln. Den einen macht das böse F-Wort heiß, den anderen lässt es schockfrosten. Ist man eine sexuelle Quasselstrippe, reagiert man vor allem auf Schlüsselwörter, nur leider jeder auf andere. Auch zwei Verbalerotiker müssen sich also auf einen gemeinsamen Wortschatz einpegeln, der beide anmacht. Wenn sie immer zusammenzuckt, sobald er »Titten« sagt, kommt keine Stimmung auf. (Außer »Titten« finde ich auch »Verkehr« und »bumsen« völlig abturnend, keine Ahnung wieso, aber das sind echte Klit-Föhner, da fühle ich mich sofort austrocknen.) Es mag sich im ersten Moment komisch anfühlen, die »Was-sagen-wir-dazu?«-Frage zu stellen, aber ist es einmal geklärt, kann man förmlich spüren, wie sich der Stress in der Leitung entspannt. Ich mag es ja gern, wenn Dirty Talk wirklich dirty wird, und ich finde auch nicht, dass man dabei irrsinnig originell sein muss, im Gegenteil: Denkt man über Vergleiche von gebutterten Brötchen oder feuchten Blütenkelchen erst nach, ist die Lust weg. Auch Beleidigungen kommen schlecht an. Vulgär darf es für mich gern sein, aber ich möchte nicht »du kleine geile Schlampe« oder »heiße Sau« genannt oder angemault werden. Und bei stakkatoartigen Kommandos von der Sorte »Ja, das willst du, jajaja, komm, komm, das willst du, du willst es, jajaja« fühle ich mich wie auf dem Hundeabrichteplatz. Als Rollenspiel mag es dafür ja Fans geben, aber ich mag beim Sex nicht an eine Dose Chappi denken.

Falls einem mal so gar nichts einfällt und sich zwischen den Ohren das große schwarze Nichts ausbreitet, unendliche Weiten, zappendusteres Nirwana, dann hilft ein simpler Trick: beschreiben, was man gerade sieht, hört, fühlt. Klappt übrigens auch, wenn man bei zähflüssigen Dates Gesprächslücken füllen muss. Und Pannen sind keine Katastrophen. Die Tube Gleitcreme entleert sich mit einem hässlichen Smotsch komplett über dem Schritt, der Fensterputzer starrt plötzlich durch die Scheibe, ich rutsche beim Angeln nach dem Lieblingsvibrator kopfüber vom Bett, oder die beiden Kater fangen direkt neben meinem Kissen mit homoerotischer Betätigung an – na und? Wenn also etwas Witziges oder Absurdes passiert, lache ich. Telefonsex ist doch keine Grabrede. Wenn Sex nicht witzig sein darf, hab ich den falschen Mann im Bett beziehungsweise am Hörer. Und obwohl ich ja sonst strikt dagegen bin, im Bett etwas vorzutäuschen: Wenn mir beim Telefonsex ein humorloser Spielverderber begegnet, dann täusche ich natürlich etwas vor: ein Funkloch.

Über die Verführung von Nixen

Für B. B. und seinen Engel,
für den es sicher zugig war im Hauseingang

Eine Nixe, Bertolt, verführt man gar nicht oder nass.
Schlepp sie nicht einfach auf den Wannenrand
und wisch ihr erst die Muscheln und den Sand
aus ihren Kiemen. Dreh euch die Brause auf und fass
ihr vorsichtig den Schuppenschwanz entlang.
Und leck sie. Stöhnt sie oder hustet sie sogar,
dann tauch sie unter und spül ihr auch das Haar,
sonst glaubt sie noch, du wärst ein mieser Fang.

Bewunder sie, wie ihre Brust im Schaumbad schwimmt,
erlaub ihr ruhig den Strudelnummergriff.
Und ohne Atemluft, auch auf dem letzten Pfiff,
sollst du genießen, wie sie dich in aller Tiefe nimmt.

Und schau ihr stets beim Ficken ins Gesicht
und ihre Flossen, Bert, zerdrück sie nicht.